日本中篇经典
经典之作 名家译本

# 维荣之妻

〔日〕太宰治——著

郑美满——译

人民文学出版社
PEOPLE'S LITERATURE PUBLISHING HOUSE

**图书在版编目(CIP)数据**

维荣之妻/(日)太宰治著;郑美满译.—北京:
人民文学出版社,2018
(日本中篇经典)
ISBN 978-7-02-013940-8

Ⅰ.①维… Ⅱ.①太… ②郑… Ⅲ.①中篇小说-小
说集-日本-现代 Ⅳ.①I313.45

中国版本图书馆 CIP 数据核字(2018)第 045834 号

责任编辑　卜艳冰　王皎娇
装帧设计　汪佳诗

出版发行　人民文学出版社
社　　址　北京市朝内大街 166 号
邮政编码　100705
网　　址　http://www.rw-cn.com

印　　刷　山东临沂新华印刷物流集团有限责任公司
经　　销　全国新华书店等

字　　数　63 千字
开　　本　850×1168 毫米　1/32
印　　张　4.25
版　　次　2018 年 7 月北京第 1 版
印　　次　2018 年 7 月第 1 次印刷

书　　号　978-7-02-013940-8
定　　价　39.00 元

如有印装质量问题,请与本社图书销售中心调换。电话:010-65233595

# 目录

# 维荣之妻

一

玄关处，传来慌慌张张的开门声响。闭着眼都想得到，定是我那烂醉如泥的丈夫，深夜迷途知返啦。所以不必当一回事，继续睡我的觉吧！

丈夫打开隔壁房间的电灯，哈、哈的呼吸声强烈而急促，桌子和书柜的抽屉被拉开、翻动，他似乎在找着什么。不久，听闻咕咚一响，跌坐在榻榻米上的声音。之后，除了哈、哈的急促呼吸声，便再没有其他动静。我依旧躺着。

"您回来啦！晚饭吃了没？橱子里还有饭团哟！"我说。

"谢谢！"挺斯文的回答，"孩子好吗？烧还没退吗？"他问。

这……还真是稀奇哪！这孩子啊，明年就要四岁了，也不知是由于营养不良，还是丈夫酒精中毒的缘故，或者是病毒什么的，竟长得比人家两岁的孩子还小，走起路来摇摇晃晃、蹒跚踏步；说起话呢，充其量只能呜嘛呜嘛，或咿呀咿呀的。难道是头脑坏了吗？带他到澡堂去时，抱起他赤裸的身躯，是那样瘦小、丑陋，令人不禁悲从中来，也顾不得在众人面前，眼泪便扑簌簌地直落。孩子动不动就吃坏肚子、生病发烧，丈夫却几乎不在家，关于这些恼人事，他又能搭上什么腔？我说："孩子发高烧呢！"他答："喔！是吗？带去看看医生比较好吧？"然后，便披上无袖短披风，不知急着上哪儿去了。很想带孩子去求医，却是囊中羞涩，只能默默地陪着孩子睡觉，抚摸着他的头，除此之外也别无他法了。

然而，今晚是怎么啦？难得这么贴心，很稀罕地问起孩子的情形来了。我与其说高兴，倒不如说，有种可怕的预感，让人感到背脊发凉。我沉默着，什么话也没有回应。就这样子，空气中，仅有丈夫剧烈的吸吐声在飘荡。

"喂！"

纤细的女子声音自玄关处响起。我整个人如同被浸入冷水似的打起寒颤。

"喂！大谷先生！"

这回，音调稍微提高了。同时，听闻玄关的门被打开。

"大谷先生！您在家吗？"

声音听来有些生气。

丈夫于是勉强地走向玄关。

"有什么事吗？"

感受得出在他慢条斯理的口吻之下所潜藏着的惶恐不安。

"无事不登三宝殿呀！"女子压低声音说着，"好歹您也有个家，为什么要像个小偷一样呢？这到底是怎么一回事啊？开玩笑的话，也够了吧！把那个还我！不然的话，我马上报警！"

"你在说什么啊？这太失礼了吧！这里不是你们该来的地方，回去！再不回去，我要告你们了喔！"

这时，一名男子的声音加入。

"先生，您胆子可真大。这里不是我们该来的地方，那么请您到外面来！您还在说什么大话啊？怎么会没事呢？那可是我们家的钱啊！您开玩笑也要有个限度呀！到目前为止，我们夫妇为您吃了多少苦，您知道吗？这不提也罢，但今天晚上这种狗屁不通的事，您又是在搞什么名堂？先生，我们真是错看您了!"

"敲诈! 恐吓!"丈夫扯高了嗓门说道,声音不住地颤抖着,"回去! 有什么事,明天再说!"

"家丑不敢外扬是吗? 先生,您实在是个百分之百的恶棍! 那么我想除了拜托警员,也没啥好说的了!"

这句话当头一击,叫我全身起鸡皮疙瘩,一股强烈的厌恶感笼罩着我。

"随便你!"丈夫的声音依旧激动,却似乎已有些心虚。

我从被褥上起身,穿好短褂,接着来到玄关,向两位来客致意。

"欢迎!"

"啊,这位是太太吗?"

一名穿着及膝短外套的五十多岁圆脸男子笑也不笑地对我稍稍点了点头。

旁边则是名年约四十、打扮整洁的瘦小女子。

"这样深更半夜的,很抱歉打扰了!"

女子同样笑也不笑,她取下披肩,向我回了个礼。

此时,丈夫突然自前院拖着木屐飞奔而来。

“喂！不要和那家伙说话。”

男子趁势抓住了丈夫的一只手，正巧来个短兵相接。

“放手！不然刺了喔！”

丈夫的右手中闪动着折叠刀的锐利光芒。那把刀是丈夫珍藏的东西，一直就收在他桌子的抽屉里。也难怪他刚刚一回到家便不断地在抽屉里翻找着什么，看来是早料到会发生这样的事，因此才事先备好刀子放在怀里的吧！

男子松手。丈夫于是借机袖摆一挥，如同只大乌鸦似的往门外遁去。

“小偷！”

男子大声疾呼，正打算朝外追去，我赶忙光着脚跳到地面，紧紧拉住男子。

“别追了！何必伤了和气呢？有什么事让我来处理！”

听我这么一说，一旁四十来岁的女子也跟着附和。

“对呀！老伴，疯子拿着刀子，不知会做出什么事呢！”

“可恶！来不及通知警员了。”

男子一边呆望着漆黑的天色，一边心有不甘地喃喃自语着，不过，似乎已渐渐敛下了方才的盛怒。

"实在不好意思！请进来坐吧！把事情的经过告诉我。"

我站在玄关的铺板处邀他们入内。

"或许，我可以圆满处理也说不定呀。请进来吧！请啊！里头寒碜了点，就请将就一下吧。"

两人对视一眼，随后不约而同地微微点了点头，男子的态度也软化下来了。

"再怎么说，我们的态度都不会改变的。但是，把来龙去脉向太太您交代清楚也好。"

"是啊，请吧！请进！慢慢来喔。"

"哼，还慢呀？这慢慢的可说不完哪！"

男子说着，准备脱下外套。

"请穿着就好，很冷的！别多礼了，穿着吧。这屋子不暖和的。"

"那就失礼了！"

"请！太太也是，请呀！不必客气！"

女子跟在男子后头一同走进了丈夫那六叠大的房间。残破不堪的榻榻米、到处破损的拉门、摇摇欲坠的墙板、糊纸脱落露出骨架的隔扇、房角处的桌子及空荡荡的书柜，触目所及尽是荒凉的光景，两位来客似乎都倒吸了一口气。

我请两人坐在已裂损绽出棉絮的座垫上。

"榻榻米太脏了，请坐在这上头吧！"我说着，并再三向他们两人致歉。

"初次见面！我先生就是这样，老爱惹出一堆麻烦。今天晚上也不知又做了什么对不起你们的事，对于他的鲁莽与无知，真不晓得该如何向你们道歉才好。这个人怎么会变得那样呢？"

说着说着，泪水便掉了下来。

"太太，冒昧请问您贵庚？"

男子惶惑不安地盘坐在破垫子上，手肘杵着膝盖，拳头顶着下颚，向前探出上身询问我。

"问我年龄吗？"

"嗯，您先生应该是三十岁没错吧？"

"是的。我的话，嗯……小他四岁。"

"所以说就是二十……六啰？唉，真过分。他一直都是这样吗？我的意思是，您先生也三十岁了，不该是这样的！真是让人惋惜啊。"

"从刚才起，"女子自男子的背后探出头来，"我就一直很感动。有这么贤惠的好太太，大谷先生为什么会这样呢?"

"生病吧? 因为生病哪! 以前不是这样的，渐渐整个人都变了。"我说着，并大大地叹了一口气。

"是这样的，太太，"男子调整语气说道，"我们夫妇俩是在中野车站附近经营小料理店的。我和我这口子都是上州人，一直以来都是老老实实地在做生意，但也许是由于太好强了吧，被村里的人视为是小气商行，生意也因此一落千丈。

"我大约是在二十年前带着妻子来到东京的，夫妇两人一同待在浅草的一家料理店里帮佣，与一般人一样，辛苦工作着。渐渐有了点积蓄后……应该是在昭和十一年吧，才来到中野车站附近租下现在这间狭窄凌乱没铺地板的六叠大小房子，自力更生地开起餐饮店，从客人们手中赚取那一元、两元的微薄吃喝费用。我们夫妻俩实实在在地经营，脚踏实地地工作着。

"或许因为积下了这点阴德吧，我之后无意间采购了大量的烧酒、琴酒等，以至于在接下来酒粮不足的时代里，毋须像其他餐饮店一样被迫转业，而能继续经营着我们的生意。当然，能够这样子撑持下去，也是靠顾客们的捧场与支持，甚至还有一些所谓替军官找酒的人员，亦因此来到店里，从而替我们打开了销路。

"战争开始后，空袭越来越激烈频繁，我们由于没有孩子的牵累，所以也不觉得有疏散到乡下的必要。心想，就待到房子被烧毁为止吧！我们没有放弃生意，一如往昔地工作、生活着。

"总算，老天有眼，幸未蒙难，战争便结束了，真是松了一口气。其后，我们开始大举买进黑市的酒类，再将其转卖出去，简单地说，就是完全靠运气生存的人哪！而很幸运，一路走来，似乎也不曾遭遇太大的困难，或许是命运格外地眷顾我们吧。

"但是，人的一生终究是在炼狱之中的吧。所谓寸善尺魔，这是再真实不过的事了。一寸的微弱幸福身后，势必尾随着一尺的骇人邪魔。一个人的三百六十五天，哪一天不悒郁忧心？只要能有一天，不，有半天不操心啊，那就是个幸福的人啦。

"大谷先生首次出现在我们店里的时候，似乎只穿着身久留式碎白点和服，披着件短披风。但是，其实也不仅是大谷先生，当时，即便是在东京，路上也没几个穿防空服的人。人们外出时，大抵都还是悠哉地穿着普通服装。因而，当下我们看大谷先生的打扮时，也未特别觉得邋遢或不对劲。

"那时，大谷先生并非单独一个人……对不起，在太太面前……唉，算了，纸包不住火的，就让我实话实说吧！您的丈夫带着一个徐娘半老的女人从店的厨房口进来。那段时期，我的店也同其他人的情形相同，店面的正门是终日紧锁着的，也就是当时所谓的闭门开业的商店，仅招待少数熟客自厨房口暗地出入。那时，来客们不得坐在设于土石地上的桌椅席位饮酒，也不得喧哗，只能在店里头那灯光昏暗的六叠大房间里静默地酣饮醉卧。当时的营业形态是这样的一种状况。

"而说到那个徐娘半老的女人，原本是在新宿的酒吧里当女服务生的。那个时代的女服务生，经常会带着交情较好的客人前来喝酒，因此她也算是我店里的熟客。于心照不宣的情况下，我亦多多少少会回馈点酬金给她。

"之后，新宿的酒吧关闭，女服务生也随之遭到禁止，而由于这个女人所居住的公寓就在店的附近，所以便常常见她带着认识的男人上门，我们店里的酒也因而越来越少了。

"无论原先是多么好的客人，一旦加入了酒徒的行列，究竟是要同以前一样地欢迎他呢，还是将他视作拒绝往来户？这实在是相当为难。不过，过去的这四五年里，这女人的确是为我们带来了许多花钱不手软的客人；也因此，于义理上，只要是她所介绍的客人，我们也不好排拒，还是会照样端出好酒来迎客。

"所以，当您的丈夫被那个名叫秋子的女人悄悄地从厨房口带进来时，我们也无多思索，一如往昔地领着来客至里头六叠大的房间内坐下，并呈上烧酒。

"当天晚上，大谷先生一派正经地喝着酒，事后由秋子付账，随后两人一齐自后门离开。对我来说，那是个奇妙的夜晚，大谷先生那异常斯文优雅的举止，令我久久不能忘怀。妖魔鬼怪第一次出现在人们家里时，也都是这么默不作声、羞人答答的模样，不是吗？而自那天晚上开始，我们便把大谷先生纳入店内的既定客人之一。

"约莫过了十天左右，大谷先生独自一人自后门进来，并冷不防地亮出一张百元纸钞。哎，那时的一百元可算是大钱哪，相当于现在至少两三千元以上的大钞呢！他竟就这样没头没脑地把钱塞到我的手上，说了句'麻烦您了'，然后怯生生地笑着。看来是早在哪儿吃喝过了。但是，想也知道，哪有人酒力能那么强的？于是我心想，他该不会是喝醉了吧？可是，看他依旧拘谨自持、正经八百地说着话，而且，无论喝了多少，都未见他步履蹒跚，显出醉态。人届三十上下，正所谓血气方刚之时，亦是酒力最旺盛的年纪。不过，能像他这样的，还实在罕见哪。那天晚上的事，再怎么看，都像是来真的一般。他就这么闷不吭声地在我们家接连喝下了十杯烧酒。而不管我们夫妇跟他说什么，他都仅是腼腆地笑了笑，嗯、嗯地含糊点点头罢了。直到最后，才突然跳起来询问时间。我于是说，该找钱给你了吧！他却回答，不，不必了。我坚持推拒说这样不行。他笑了笑，说：'那就保留到下次吧！我还会再来。'随后便离开了。

"但是太太啊，您可知道，我们从这个人那里收的钱，从头到尾，竟就只有当时那么一次而已。之后，便完完全全都被这人给愚弄了。这三年里，他一毛钱也没付过，直到现在，我们的酒几乎都要被他一个人给喝光了。您说说看，这吓不吓人啊？"

我不由自主地噗地一声笑了出来。不知为何，就是感到莫名的可笑。我连忙遮住嘴，却见老板的太太竟也不住地低头窃笑着，随之，甚至连老板自己也摇头苦笑了起来。

"唉，其实这一点也不好笑，只不过实在太令人震惊了。事实上，凭他这样的本事，若是能用在正当的途径上，当个大官、当个博士、当什么都绰绰有余的。我想，肯定不止我们夫妇吧？被他这人给盯上，变得身无分文，只能在寒夜里暗自哭泣的，铁定大有人在。

"而关于秋子这个女人，实际上，她和大谷先生认识也没多久。前些时候，她才自情夫那儿逃出来，身无分文，只能勉强栖身于穷人平房内的污秽一隅，过着乞丐般的生活。当秋子结识大谷时，还曾提到大谷的可怜景况。对我们来说，那可真是天方夜谭啊。首先，他的来头就令人吃惊，什么四国某贵族老爷的偏房子息，大谷男爵的次男。然因终日与女人牵扯不清，而遭断绝父子关系。在不久前，男爵过世了，他于是与男爵的长男平分了家产。秋子描述，大谷先生的脑袋很好使，是个天才型的人物，已经写了二十一本书，其文采甚至比石川啄木 ① 这位大天才还要好，手上还有十多部作品正在创作中。年纪虽轻，却具备成为日本第一诗人的潜力。除此之外，还是个大学者，从学习院、第一高中，到帝国大学，一路都是跳级晋升的，并精通法语、德语。来历相当惊人，经秋子这么一陈述，仿佛如同神人一般了。但这些话听来又全然不像是在吹嘘。问了其他人，没错，大谷男爵的次男的确就是个有名的诗人。

"我将这件事告诉了我的老婆，没想到，她竟有如要同秋子竞争似的被他迷昏了头，毕竟确实怎么看都像是个家世很好的人吧。她们那种成日企盼着大谷先生大驾光临的愚蠢行为，实在是令人受不了。贵族都已经没落了，而那人不过就是个因沉迷女色而遭断绝父子关系的贵族后裔而已。现在

---

① 明治时期的著名诗人、评论家。

竟被这些女人吹捧上了天，这还真是……以时下的说法来讲，就是所谓的奴根性吧！我为何要任由这么不害臊的男人来……若不是因为他是贵族的……对不起，在太太面前这么说……是四国贵族的老爷之后等这些来头，我才……

"对于他的身份，我们并未多有存疑，何况，关于他的那些凄惨遭遇，应该也不是什么值得夸口的事吧？但是，对我而言，这位先生还真是个难应付的人哪！每回，我总是铁下了心，打定主意，无论他下次再怎么拜托，也不给他酒喝。可是，当下次又见到他出现在我们的店门前，一副被逐出家门似的落魄模样，却似乎由于来到了这里而松了一口气时，那卸下烦恼的安心神情，终究是不由得令人软下心来。最后，我还是把酒给端出来了。其实，即使是喝醉了酒，他也不是个会胡闹嚣噪的人，如果付账这事也干脆点的话，倒不失为一位好客人。除了秋子会在那里对我们宣传他的丰功伟业，大谷先生对自己的身份从不吹嘘，即便天赋异禀，也未有猖狂傲慢的行为。

"但说真的，我想到的只是钱，只盼望他能早点结账。可是，若中途跑去打断人家的谈话，提这事儿，未免扫了在

15

座者的兴。那个人啊，在我们这里，从那之后迄今未付过半毛酒钱，相反，付钱的多半为秋子。而除了秋子之外，还有个似乎很怕被秋子知道她和大谷关系的低调女人，好像是哪儿的太太吧，偶尔也会陪着大谷先生一道来。她也会替大谷先生买单，有时甚至还会多付些。我们可是生意人哪！一天没有那东西可不得了。因此，就算是什么皇亲国戚，也不能永远让他那样白吃白喝。只是，像他这样时而付那么一点的，实在也于事无补，我们的损失是越来越大……后来，听说先生在小金井有个家，还有位太太住在那里，所以我才想，或许可以到那儿去商量付账的事吧？我于是拐弯抹角地向大谷先生问起住处，没想到，他立刻有所警觉地说：'没有就是没有！何必这样纠缠不休呢？吵架翻脸可是很伤情面的喔！'净说些让人为难的话。其后，我们费尽心思，三番两次地跟踪暗寻，为的就只是能查探到大谷先生的住处，无奈，最后却总是被他巧妙地拦阻。

"有段时间，东京遭到了多次的严重空袭，大谷先生则有事没事便戴着战斗帽，有如从天而降般，来到我们的店里任意从橱柜中取出白兰地，挺着身子就站着喝了起来；喝完了，便如同一阵风似的拍拍屁股走人，一毛钱也未曾给过。

"不久，战争结束了，我们开始大举买进私酒，店头也挂起了新的布帘。无论是原先多么困顿惨淡的店家，此刻也都显得干劲十足了起来。为了招揽顾客，我们还雇了一名可爱的女孩。然而，这时候，这位妖魔先生又出现了。这回他身边不带女人，反倒是时常领着两三个似乎是报社或是杂志记者之类的人物一同前来。听那些记者说，今后军人的地位大概要渐趋没落了，一直以来潦倒落魄的诗人将开始在社会上大受欢迎，等等。大谷先生在记者面前，高谈阔论起一堆外国人的名字，以及一些叫人听不懂的英语、哲学话题等奇奇怪怪的事。接着，他会突然站起来，走出门外，然后就这样一去不回了。记者们当然一脸扫兴，嘀咕着，这家伙滚哪儿去啦？那我们也各自解散啰？于是准备走人，我便会赶紧唤住他们：'请等一下，这是大谷先生常常使用的逃脱术，希望你们哪位能够买单。'有些比较老实的，就会大伙儿凑一凑钱摸摸头付账了事；有的则会忿忿不平地说：'这应该叫大谷来付吧！我们只有五百块可以过活啊！'但就算知道会惹人不悦，我还是得说：'不行呀！大谷先生所欠的钱，到现在总共有多少你们知道吗？如果你们能够从大谷先生那儿讨回赊账，不管多少，我一定和你们对分！'记者们皆一脸诧异：'怎么？没想到大谷是那么过分的家伙啊！下回不再和他一起喝酒啦！今天晚上我们一伙人全身兜出来也凑不足一百块钱，明天再拿过来吧！在那之前就把这个放在你这儿保管吧！'说完，便一派正气地将外套脱下。一般世俗的观感，常视记者之流为人品低俗者，但与大谷先生相较起来，再怎么讲，这些人总比他正直耿介得多了。若说大谷先生是男爵次男的话，那这些记者就几乎可等同于有公爵长男之辈的尊贵了。

"战事终止后，大谷先生的酒量是更上一层楼，相貌也变得有些粗暴可怕，除了一贯的吃喝之外，一些下流的笑话也开始自其口中脱出。并且，也开始和一些一起来的记者在庭院里斗殴和扭打喧闹。甚至，连我们店里的那名未成年少女，竟也被他给卑鄙地骗到手了。关于这件事，我当然是既吃惊又懊恼，但事已至此，女孩子家此刻除了能躲在被窝里暗自哭泣外，亦别无他法了。我们也只能劝她断念死心，并悄悄地送她回父母那儿去了。对于这大谷先生啊，我也不想再多说些什么了，只求他别再来了！不过，讲起来容易，我明白大谷先生是不可能收手的，一般人说的话他可听不进去，这点我非常清楚。于是，我只好抬出警员来，以近乎威胁的语气告诫他。然而，接下去的日子里，他却依旧是一副毫不在乎的模样。也许是上天要惩罚我们在战争中赚了黑心钱吧，才会让我们遇上这种宛如妖魔般的人物。

"但是，今天晚上发生这样过分的事，若再说他是什么诗人、老师，根本完全不够格啊！这分明是个贼哪！他竟抢了我们五千元后落荒而逃。那可是我们准备办货的钱呀！是家中仅存的五百及千元现钞。唉，老实说，我们的营业收入常常是右手进左手出，赚得的钱非得随即投入采购不可。今晚，我们店里好不容易有了五千元左右的大笔进账。由于年关将近，这阵子我沿途逐户地到常客们的家里收账，至今才终于收得了这么一点，准备今晚马上拿去办货的，要不然的话，明年的正月开始，我们的生意就无法继续下去了！是如此重要的钱啊！我太太在里头的房间将钱算好，放进了橱柜的抽屉，却不巧被正在土石地上独自饮酒的那人看到。他于是立刻起身，走进房间，一语不发地推开我太太打开抽屈，将那五千多元的钞票一把抓起塞进其无袖披风的口袋里，接着便趁着我们目瞪口呆之际，迅速地跳下土石地，走出店门……

"我和我太太随即自后头追赶上去。本想大声呼喊'小偷'，让来往的行人一同聚集过来的，但是，大谷先生终究是我们熟识的人啊，总觉得这样做未免太不近人情。于是，我们只能打定主意，今天晚上，无论他走到哪里，都要紧紧地跟在后头，不管发生什么事，都不能让大谷先生从我们的眼前消失，非得要彻底地追到他的落脚处不可，然后平心静气地谈判，一定要将钱拿回来！

"唉，毕竟我们也只是小本经营啊！今天，我们夫妇同心，总算是跟到了这里。压抑着几乎按捺不住的怒气，我告诉他，只要能还钱，什么都可以不再追究。唉，谁知道，这是怎么一回事，竟然还亮出刀子来，说要刺人？唉！这能说给谁听呀！"

一股无来由的可笑感再度莫名蹿升，这回，我终于不住地笑出声来。一旁的老板娘也红着脸跟着笑了起来。我笑得一时无法抑止，虽然也明白这样对老板实在非常失礼，但不知怎么，就是莫名其妙地想笑，最后甚至还笑出泪来了。我突然想起丈夫的诗里有那么一句话："文明的结果是个大笑话。"或许就是描述这样的一种感觉吧？

## 二

总之，虽然是个大笑话，但事情也不可能就此平息。当天晚上，我向他们两人承诺，无论如何，一定会让事件圆满地解决。关于报警的事，就请先缓一日，明天，我会亲自登门拜访。随后，我详细询问了他们中野那家店的所在地，强迫两人答应当天晚上至此为止，暂且打住。他们离开后，我独自一人坐在六叠大的房间内发愁，却始终想不出个好办法。我站起身，脱去短外褂，钻进熟睡的孩子的被窝里，抚摸着孩儿的头。心想，若是时间能一直、一直停驻于此，不再天明，那该有多好……

我的母亲很早便过世了。过去，我同父亲相依于贫民合宿的平房内，并在浅草公园的瓢箪池畔摆流动摊贩卖关东煮，父女两人一起打点摊子的生意。那时，那个人常常光顾我们的摊位。后来，我瞒着父亲，与那个人在别处同居了。接着，孩子便这样从肚子里蹦出来了。经历了一番波澜，我成为了那个人的老婆。当然，什么名分及入籍登记都没有，孩子当然也是"父不详"。那个人一出门，时常是三个晚上、四个晚上……甚至更久都不回家，也不晓得是上哪儿去、做了什么事。而回来的时候，总是烂醉如泥，时常还脸色发青、呼吸急促地默默看着我，眼泪扑簌簌地直掉，有时甚至冷不防地钻进我的被窝里，紧紧地抱着我的身体。

"啊呀！不行！好可怕，好可怕呀！我好怕！救救我！"

说着，还咔哒咔哒地发抖。睡着后，则不断地呻吟、说梦话。隔天一早醒来，只见他失魂似的定定发愣，然而，不一会儿，又忽然不见人影了。那之后，便又是三个晚上、四个晚上不复归来。反倒是从前丈夫接触的出版社里，有两三个担忧我和孩子生活的人，偶尔会送点钱过来，方使我们能撑持至今没被饿死。

迷离间，我打起盹来，昏昏沉沉地睡去了。猛然再睁开眼，早晨的阳光已自窗头挡雨板的缝隙间洒了进来。我起身整理行装，背上孩子，走出门外，感觉已不能再静默地待在家中了。

我茫然地往车站的方向走去，并在站前的摊子上买了支糖给孩子吸吮。随后，突然心念一起，买了张前往吉祥寺的车票。我上了电车，紧握吊环，随着列车的驰驶而摇摆着。无意间，竟发觉在车厢顶端悬挂的宣传海报上，正印着丈夫的名字。是个杂志广告，似乎是丈夫以"弗朗索瓦·维荣"① 为题，在这份杂志上发表了一篇长篇大论。不知怎么，我的心头一阵难过，泪水不听使唤地涌了上来，视野濡湿，海报上的内容，模模糊糊的。

电车抵达吉祥寺，久违的土地。下了车，我随性地走着。过去井之头公园池畔的杉木全被砍得光秃秃的，似乎正准备开始进行什么工程。冰冷的景象顿生一丝赤裸的寒意，从前的景致已全然变了样。

我放下背上的孩子，在池塘边那条残破欲散的长椅上坐下，接着，将自家中携来的芋头拿出给孩子吃。

"哪，小少爷，很美的池塘吧？从前呀，池塘里有鲤鱼、金鱼……很多很多呢！但是现在，什么都没有了呀……真是

---

① 十五世纪末期法国著名放荡诗人。一生放浪形骸，命运多舛，屡历入狱、逃亡之灾，终至遭遇放逐，是名充满悲剧性与话题性的文学天才。为法国近代诗歌先驱。

没趣！"

这小少爷不知脑袋里在想些什么，嘴里塞满了芋头，鼓胀着双颊，嗤嗤地奇怪笑着。尽管是自己的孩子，但还真不免怀疑他确实是个白痴儿呢！

也不知在池塘边坐了多久，但我依旧茫然无措，一点头绪都没有。我重新背起孩子，摇摇晃晃地往吉祥寺车站走去。绕过了热闹的摊贩街，来到车站，我买了往中野的电车票。一片空白的脑海中全无计划，有如被吱噜吱噜地吸入可怕的恶魔深渊般。我再度搭上电车，并在中野下车。依着昨晚问得的路线寻索，终于来到了那间小料理屋前。

正面的门还没开，我于是绕到后门。老板不在，老板娘正一人独自在店内清扫着。一见到她，我的脑袋想都没想，一长串的谎言竟就这样不假思索地脱口而出。

"嗨！老板娘。钱，我大概可以一次还清哟！今天晚上吧，要不就是明天。总之，我已经清楚地计算过了，请不必担心！"

"啊，真是，真是谢谢你哪！"

老板娘一脸欣喜，而心里头仍不免残存着些许疑虑与不安。

"老板娘，是真的哟！明天会有人拿钱到这里来的！在这之前，我当人质，留在店里头干活，直到事情完全解决为止。这样的话，你可以安心了吧？钱送来以前，就让我在你们店里帮忙吧！"

我将孩子自背上放下，让他独自于那间六叠大的榻榻米房玩耍。接着，我转过身，表现出一副可以立即工作的样子。这孩子向来就习惯一个人玩，因此一点也不须人挂心。而且，由于脑筋不好的缘故吧，就算面对陌生的人，他也从不怕生，因此见着老板娘也是一脸笑呵呵的。我暂时出门去为老板娘领配给品，老板娘则给了孩子一个美国制的空罐头盒当玩具，他敲打、推滚着罐头盒，静静地在房间的角落处嬉耍。

中午，老板带着所采购的鱼及蔬菜回来了。我一见到他，随即抢先一步，将先前已告诉过老板娘的谎话再度重述一次。

老板愣了一下。

"可是，太太呀！钱这种东西，除非是抓在自己的手上，否则都靠不住的呀！"

出乎意料，他以镇定理性的口吻，如此告诫着我。

"不会的！这些呀……真的都已经确定了。所以，请你相信我，我以我的人格作担保，就请再等今天这么一天吧！在这之前，就让我在店里帮忙！"

"只要能还钱，什么都好说……"老板嘟哝了起来，"毕竟，今年也就只剩下这最后五六天了。"

"嗯，所以……所以啊，让我……咦？客人来啦！欢迎光临！"我对着三名结伴走进店里的上班族模样的客人笑脸招呼着，随后小声地转头说道："老板娘，麻烦你，围兜借我……"

"啊呀，多雇了一位美人哪！哟！真是惊为天人呀！"一名客人说。

"请不要诱拐她，"老板以半开玩笑的口气说着，"她可是身价不菲哦！"

"哦？价值百万美元的名马吗？"

另一名客人讲起了轻佻的俏皮话。

"名马是名马，但若是母的，大概就只值一半的价钱啰！"

我拿起温好的酒瓶，不示弱地接收下这低级的笑话，回敬予他。

"别这么谦虚呀！在现在的日本呀，不管是马呀狗的，全都是雌雄平等呢！"客人中最年轻的一名兽啸似的说道，"大姐！我爱上你啦！一见钟情哟！嗯，可是，大姐有小孩了吧？"

"没有！"老板娘自里头抱着孩子走了出来，"你指的是这一个呀，是我特地从亲戚那儿抱来的。有了这一个，不久我们就有接班人啰！"

"哦，又有会帮忙赚钱的啦！"

一名客人嘲讽地说。

"还会欠债，而且还很好色呢！"老板喃喃地碎念道。接着，马上话锋一转，向客人问道："要来点什么？想来份火锅吗？"

我突然明白了老板意之所指。不过，事实也确是如此吧？我暗暗地点了点头，随后若无其事地将酒壶递给了客人。

或许是由于平安夜的缘故吧，今晚的来客一直没间断过，一个接着一个上门。整天下来我什么东西都没吃，大概也因为心里有事搁着吧？老板娘劝我歇歇吃点什么，我只说，不，肚子饱饱的。随后，立刻又神采奕奕地继续勤快工作了起来。也许是我太自我陶醉了吧，总觉得那天的小料理亭里充溢着不一样的活力。我的名字一再地被询问，甚至有两三名客人要求和我握手……

然而，这又如何呢？我真搞不清楚自己究竟为何要做这些事：笑着、闹着，配合着客人低俗的笑话起舞，并以更低劣的玩笑回击。我游走穿梭于宾客间来回斟酒，从一名客人滑向另一名客人。那当儿，我还真恨不得自己的身体能化作盈巧流溢的冰淇淋呢！

奇迹，偶尔也是会出现于这个世界上的吧！

约是刚过了九点钟，店里来了两名客人，一名头戴圣诞三角帽，脸上蒙着怪盗鲁邦黑色面具的男人，带着一名身材纤细、年约三十四五岁的美丽妇人进到了店里来。男人背对着我们，在土石地角落的椅子上坐下。打从这个人走进店里，我便立刻明白他是何人——我的怪盗丈夫。

丈夫似乎并未察觉到我的存在，我亦若无其事地别过头去，继续与其他客人打情骂俏。那位太太与我的丈夫相对而坐，随后便呼唤起我。

"大姐，你来一下。"

"好的！"

我响应着，并朝他们的桌子方向挪去。

"欢迎光临！要酒吗？"

我说着，将眼角瞥往丈夫，丈夫自面具的后方看见了我，显得大吃一惊。我轻抚着他的肩膀说道：

"该向我说声'圣诞快乐'的不是吗？嗯，怎样啊？看起来好像可以再喝个一升哟！"

妇人对这一切未作理会，仅表情凝重地说：

"嗯，大姐，麻烦你，可以请这里的老板过来一下吗？我有点事要和老板私下谈谈。"

我回到里头，走向正在油炸食物的老板。

"大谷来了！请您过去见面吧。但他身旁还带着个女人，拜托别说出我的事，我不想让大谷为难。"

"终于来了！"

老板原先对于我那些不着边际的说辞一直半信半疑，这下子，看来我竟还挺守信用的。他大概是认为丈夫之所以会回来，是通过了我的一番安排。我想他必将这两回事串在了一起。

"请不要说出我的事来。"我再一次提醒。

"你要是觉得这样比较好的话，我也没话说。"他爽快地答应了我，接着便往土石地上走去。

老板朝土石地上的客席环顾了一周，其后便径直地往丈夫所在的位置靠近。他先与那位漂亮的太太交谈了几句，接着三人一同步出店外。

太好了！万事都解决了！怎么会这样巧呢？实在叫人不敢相信啊！太令人高兴了！一名穿着藏青花布和服的年轻客人从方才便一直站在我的面前，我出其不意地强抓住他的手腕。

"喝吧！多喝点哟！圣诞节哪！"

## 三

约莫过了三十分钟，不，还要早些，嗯，比我预估的还要早，老板一个人回来了。他走近了我的身旁。

"太太，真是谢谢你。钱拿回来了。"

"是吗？那太好了。全部吗？"

老板露出了古怪的笑容。

"嘿嘿，昨天的那一份而已。"

"那，从以前到现在，全部有多少呢？大略的……如果能折扣再折扣一点的话。"

"两万元。"

"这样就够了吗？"

"你说折扣再折扣呀！"

"好，由我来还！明天起让我在这儿工作吧！就这么说定了！我用工作来抵债！"

"什么？太太，你真是通情达理哪！"

我俩同时笑了起来。

当天晚上十点过后，我告别了中野的店，背起孩子，回到我们小金井的家。当然，丈夫没有回来，但我却感到无来由的神适心安。明天再到店里时，也许还能再遇见丈夫吧？以前怎么都没想过要这样做呢？还那样辛辛苦苦地瞎忙一通，真是笨哪！早该想到这样的好办法的。过去在浅草时，我在父亲的摊子上帮忙，应付客人的手段可是绝不输任何人的，也因而今天在中野的店里才能那么的驾轻就熟吧。其实，光是今晚，我就收到了将近五百块钱的小费呢！

据老板说，丈夫昨晚不知是住到哪个朋友的家里去了，而今天一大清早，便闯进了那位漂亮太太在京桥经营的酒吧，大灌起威士忌来。接着，还对在店里工作的五个女孩胡乱赏钱，说是圣诞礼物。到了中午，他叫来出租车，随后便不知往哪儿去了。但不久后，又见他戴着圣诞节的三角帽、面具，以及花式蛋糕、火鸡回来，并四处打电话邀约，呼朋引伴地开起了大宴。他素来不是副有钱人样，酒吧老板娘因而心生怀疑，于是偷偷地向前探问。谁知，丈夫竟也神色自若，将昨晚的事一五一十地全盘说出了。这名老板娘与大谷过去便是旧识，两人间的关系也不仅只是点头之交了。总之，老板娘听闻昨儿还差点儿要惊动警员，不由得也为他发起慌来。便想，也没多少钱，就帮他还了了事吧！随即开口表示愿意代为偿还欠款。事情的经过大致是如此，也因此丈夫才会带着她前去中野的那家店。

"嗯……差不多就是这么一回事吧？不过呀，太太，你还真是厉害啊！你拜托过大谷先生的朋友对吧？"老板向我问道。

看来，他是真的以为我是打从一开始便知道丈夫会以这样的方式来还钱，因此才早一步等在店里的呢。我笑了笑。

"嗯，当然啰！"我简短答道。

明天开始，我的生活将有全然不同的崭新改变。我的内心雀跃不已，连忙上美容院整了发，并买齐了化妆品，缝补起和服。手上还有两双老板娘送的白袜子呢！心中的抑郁早已一扫而空。

隔日一早醒来，我与孩子一同吃了早饭，随后便带着便当，背上小孩，往中野的店上班去。年终及正月期间是店里头的旺季，这里的大家称呼我为山茶屋的佐知姐。这位佐知姐啊，每天忙得同眼珠子般，滴溜溜地转。丈夫每两天会到店里喝一次酒，由我买单。喝足了，他同样转个身就不见了踪影。晚点时，他又会回到店里来探探头，然后悄悄地对我说：

"要回家了吗？"

我点点头，这才准备收拾离开。我们常常这样一同愉悦地踩着步伐归去。

"为什么以前不这么生活呢？我觉得很幸福呢！"

"女人家，没什么幸不幸福可言的。"

"是这样吗？被您这么一说，还真有那么样的感觉呢。那，男人是怎么想的呢？"

"在男人的生命里，除了永不消绝的'不幸'之外，再无他物。终此一生，净是恐惧，以及无止境的斗争。"

"这种事我是不懂。我只想永远过着现在这样的生活。山茶屋的老板和老板娘都是很好的人哟。"

"唉，傻瓜！那两个人可是十足的乡巴佬啊！而且极度贪得无厌。他们让我这样吃吃喝喝的，你想想看，终究还不是想捞点好处。"

"生意人嘛！这是天经地义的事。而且也不止这样吧？您还从老板娘那儿偷了钱呢！"

"你老爹呢？他怎样想的？过去你有注意过吗？"

"这我倒是记得很清楚呢。以前，他总是叹着气说又是女人又是债务的。"

"我呀，说起来或许有些矫揉造作，但我想死，却没办法。打从出生以来，我便一直想着死亡这件事。为了大家好，死掉算了。我很想这样做，可是实际上呢，却再怎么也死不了。奇怪哪，似乎有什么可怕的神明存在似的，牵绊着我的死亡。"

"大概是您的工作还没完成吧？"

"工作？那算什么工作呀！杰作、劣作都不是。人说好的，就是善；说不好的，就是恶。其实，还不全是吐气、吸气间产生的东西罢了。真是可怕哪！神明一定存在于世上的某个地方，是吧？"

"啊？"

"有吧？神明。"

"我不知道耶！"

"这样啊……"

到店里工作了十几、二十天后，我渐渐地发觉，前来山茶屋里喝酒的每一位客人身上，皆背负着沉重的罪恶。像丈夫这样的，我想，还算是温和的。其实，也不仅只是店里的来客，就连路过的行人，背后似乎也都隐藏着不为人知的深沉罪愆。某回，一名扮相高贵的五十多岁妇人，带着酒来到山茶屋的门口兜售，直接一升开价三百元。以现在的市价来说，这是相当低廉的价格。老板娘立刻向她买下了酒。事后方知，竟只是普通的水酒罢了。在这个即便是那般高雅的妇人也都不得不做出如此之事的扭曲世界里，若说我内心的幽微角落处全无任何不可告人之隐，那是绝不可能的。仿佛扑克牌游戏中的"拱猪"一般，似乎若能集齐所有的负牌，便得以猪羊变色，成为正牌。这世上，还真有所谓的"道德"这件事吗？

如果真有神明，请现身吧！正月的尾声，我被来店里喝酒的客人给玷污了。

那天晚上下着雨，丈夫没有出现。那名偶尔会送生活费过来给我，与丈夫昔日有些交情的出版社的矢岛先生，偕另一名同约四十多岁的男子一齐来到店里。他们一边饮酒，一边高谈阔论着。大谷的太太在这种地方工作啊，不太好吧……其实也不错呀……两人嬉笑地揶揄调侃着。我笑了笑：

"那请问尊夫人是在何处高就呢？"

听我一问，矢岛于是接着说：

"不晓得在哪儿呢！但至少比山茶屋的佐知姐还要高雅漂亮得多啰！"

"呀，真叫人吃醋呀！如果能跟大谷那样的人在一起的话，一个晚上也行！我就喜欢这种坏男人。"

"就是说嘛！"

矢岛与一同前来的友人相视应和着，并朝我努努嘴。

这段日子里，和丈夫一起到过店里的记者们，以及一些从记者那儿听来消息的好事者，一知道我是诗人大谷的妻子，常常特地前来挖苦嘲弄。店里显得热闹非凡，但也因此常惹得老板不太高兴。

那晚接下来的时间，矢岛他们一直是凭借着纸笔暗中交谈，待两人离去时，已是深夜十点多了。雨下个不停，我看丈夫大概是不会出现了，店内也只剩下最后的一名客人，于是慢慢地收拾起东西准备回家。我走入榻榻米房的角落抱起孩子，往背上背。

"可能得借把伞喔！"我小声地请求老板娘。

"雨伞的话，我有。我送你回去吧！"

店里仅剩的那名二十五六岁工人模样的男客，一脸认真地站了起来说道。我知道他是今天晚上第一次来到店里的客人。

"不敢劳驾呀！我习惯一个人回家。"

"你别客气，我知道你的家住得很远。我也是住在小金井附近的人，我送你吧！老板娘，买单啰！"

这人只在店里喝了三杯酒，应该还不至于喝醉吧？

我们搭上电车，并一同于小金井下车。其后合撑着一把伞，并肩行走于雨夜的漆黑道路上。年轻人一路默默无语，经过片晌，才支支吾吾地开口说道：

"其实，我原本便知道你。我呀，是大谷老师的诗迷哟！我也写点诗，还想过阵子请大谷老师亲自指正指正呢！对于大谷老师，我实在是敬畏三分。"

终于，到家了。

"谢谢您，改天店里见！"

"嗯，再见！"

年轻人的身影消失于雨中。

深夜里，玄关处的大门板咔啦咔啦地作响了起来。我睁开眼，心想，一定是那喝得一身烂醉的丈夫回来了。我照样静默地躺着。

"对不起！大谷老师，对不起！"

男人的声音。

我扭开电灯，起身往玄关走去。是方才的那名年轻人，却见他身体摇摇晃晃的，站都无法站稳。

"太太，对不起！回家途中，我又在小摊子上喝了点。其实，我的家在立川，刚刚到车站一看，才发现已经没有班车了。太太，拜托你，让我住一晚吧！待明天清早首班车一发，我就离开。被褥那些什么的都不需要，我只要暂且窝在这玄关的铺板处过夜便行。要不是因为下雨，其实我睡路旁的屋檐下就可以了。但是，下雨啊！所以，麻烦你了！"

"反正我先生也不在家，如果说玄关这儿可以的话，就请吧！"

说完，我拿了两个破坐垫递给他。

"真是失礼啊！醉成这样……"

他有些难受地低声呻吟着，随即就偎着铺板瘫了下去。当我回到床铺时，便已听到他高亢的鼾鼾声。

翌日清早，我被那男人给轻易侵犯了……

那天，一切依旧如昔，我背着孩子，前往店里工作。

店里头，土石地的座席上，丈夫正独自看着报纸。案头的酒杯内盛装着酒，同晨曦的阳光相互交映着，显得耀目美丽。

"没人在吗？"

丈夫抬头望向我。

"嗯，老板去进货，还没回来。老板娘刚刚还在后门那儿呢，不在吗？"

"昨天晚上您没有来吧？"

"来啰！没有看到山茶屋的佐知姐，哪里睡得着？十点多来探了探，说你刚走。"

"然后呢？"

"在这里过夜啊！雨下得那么大。"

"以后，干脆我也来住在店里好了。"

"也好啊！"

"那就这么决定啰！老是住那租来的房子，怪没意思的。"

丈夫默不作声，回过头去继续看着报纸。

"唉呀！又在写我的坏话，说我是抱持享乐主义的假贵族。这家伙可弄错了！应该说，是敬畏神明的享乐主义者才对。佐知，你瞧！这儿可把我写成了衣冠禽兽了。不对吧！现在我告诉你哦，去年年底时，我从这里拿走了五千块钱，为的就是想用这笔钱，和佐知、孩子，过个难得的新年啊！正因为我不是衣冠禽兽，所以才会做出这种事嘛！"

我并未特别开心，仅是淡淡地说：

"衣冠禽兽也罢，我们哪，只求能够活下去就不错了。"

# 樱　桃

高山仰止，景行行止。

——《诗经·小雅·车辖》

老子可比小子重要多了。我实在很想这么说。

讲什么"一切都是为了孩子"的，仔细去思索这类听来道貌岸然的夫子箴言，您说如何？父亲的地位的确是远不如孩子啊！至少在我们家里，确实是如此。

就算并未厚颜无耻地打着如意算盘，痴想有朝一日，自己上了年纪后，便来依靠孩子奉养、支应之类的，但父亲在家庭中的地位，仍旧是得时时仰赖孩子的脸色呢！

孩子，提起孩子啊，我们家的孩子虽然都还年岁尚幼——大女儿七岁，儿子四岁，小女儿一岁——可是，却早已个个爬上了父母的头。父母亲在他们面前，简直就是奴才、女仆。

大热天里，一家人挤在三叠大的房间内，为了吃一顿晚饭而"奋战"，"热闹"得不可开交。我这个做父亲的，亦只能拿起毛巾，往脸上胡乱地擦抹拭汗，在一旁嘟嘟囔囔地作起不平之鸣：

"难得一餐饭的，竟挥不去汗如雨下。唉，实在有欠斯文。柳多留的俳句听过吧？可是，拜托！一群孩子乱糟糟的，再怎么高尚的父亲，哪能不大汗淋漓啊？"

妻子的胸前奶着一岁大的小女婴，另一头还得伺候我们几口子吃饭，一会儿要擦拭孩子们洒溢出的汤汁，一会儿要捡起掉落的东西，帮他们擤擤鼻涕，简直是有三头六臂。

"喂，孩子的爸！您的鼻头容易出汗，偶尔也擦一下吧！"

我苦笑着：

"哟，那你呢？哪里最会流汗啊？屁股吗？"

"尊贵高尚的父亲大人呀！"

"不不不！我可完全是就医学的角度来作询问，无关高尚不高尚的。"

"我啊……"

妻子的脸色稍稍严肃了起来。

"是这，胸部……泪之谷啊……"

泪之谷……唉！

我静默无语，继续用饭。


在家中，我喜欢说笑话，正所谓，纵有"千头万绪"，也不得不"强颜欢笑"啊！不！其实，不仅是在家里，即便是在外头与其他人相处，无论心情多么沉重，身体如何疲惫，我亦总是拼尽老命，努力地营造快乐的气氛。待宾客尽欢，累得步履踉跄的我，才又开始烦忧起关于金钱的事、道德的事、自杀的事。喔，不！也不仅是与人相处，就连写小说，我也是一样的。在悲伤的时候，我反而会竭力创造出轻松愉快的主题。我，就是如此渴盼能好好地燃烧奉献出自己。人们或许不了解，总以为太宰这位作家实在是名轻佻的媚世者，净会写些逗趣的事来吸引读者，这可真是大大地将我给看扁了。

这番为人奉献的满腔赤忱，难道是种罪恶？莫非，定得那样装模作样、不苟言笑的，才是好的吗？

总之，对于那些假正经的扫兴、别扭之事，我是一概不能忍受。只要是在家中，我总会不停地说笑，战战兢兢地说笑。这可能与部分读者、评论家所想象的完全不同，我房间内的榻榻米是崭新的，书桌也被整理得干干净净，夫妻间彼此扶持，相敬如宾，当然更没有所谓丈夫殴打妻子之事，甚至连"你滚！""我走！"这类的粗鲁争吵语言亦一次也不曾出现过。相反，夫妇俩争相宠爱孩子，孩子们也同父母相当亲昵。

但是，表面上是如此，茶壶底儿一旦掀了开来，妻子胸前流淌的竟是一溪"泪之谷"；而我，则是"汗如雨下"。我们彼此明白对方的苦楚，尽量试着不去触碰。我说说笑话，妻子亦附和地大笑着。

然而，当妻子道出这溪"泪之谷"后，做父亲的我沉默了，瞬时不知该用什么笑语来搪塞。我静寂片晌，无言以对。不过，到底是个"行家"啊，我随即便又换上一副恳挚的脸庞说道：

"请个人来帮忙吧？这样下去也不是办法。"我避开妻子的痛处，小心翼翼地低语着。

家里的孩子有三个，我这做父亲的对于家事却是完全无能，徒会说些不着边际的笑谈，甚至连铺个床褥也没辙，什么配给、登录的琐碎事儿一概不晓，简直像住在出租套房一般。客人来了，就招待；要前往工作室，便拎个便当出门。一出去，整个礼拜没有回家也是常有之事。总是借口工作、工作的，却是一天写不到两三张稿纸。其余的时间，便是浮沉酒盏。酒喝多了，人就变得轻飘飘，容易入眠，每每还左拥右抱，身旁不乏女人。

说到孩子，七岁的大女儿及今春出生的小女儿都很容易患小感冒，这倒不打紧。却道那四岁的儿子啊，竟是骨瘦如柴，甚而连站也不能站。嘴里咿咿呀呀的说不成一句话，亦听不懂别人在讲些什么。爬爬走走的，也不会说要大小便。讲是这么讲，饭却吃得多。只是，依旧瘦小，毛发稀稀疏疏的，毫无生长迹象。

对这孩子，我们做父母的尽可能避免说出刻薄话，什么"白痴""哑巴"的一次也不敢提，仿佛两人约定好似的，说来还真是凄惨啊！有时，妻子还得紧紧抱着孩子，阻止我这个时而发狂的父亲强携着孩子一同跳进河里寻短。

喑哑儿惨遭生父杀害！

×日正午，位于×区×町×号的×宅，某父（五十三岁）于六叠大的自家房间内，以柴刀砍杀次男（十八岁），一刀毙命，并随之以剪刀刺喉自尽。幸获人察悉，已送往邻近医院进行急救，目前生命垂危。该户人家之二女儿（二十二岁）近来广招赘婿。此名被害男孩具先天语言障碍，且智能稍有问题；女儿则健康可爱得难以名状。

阅读完这则新闻后的我，不禁又开始喝起闷酒来。

也许，这不过是单纯的发育迟缓；又或者哪一天，儿子突然正常生长起来了，让父母亲的担忧全都成了笑话！但即便如此，当夫妻俩面对着亲戚朋友的询问时，仍旧是难以启齿。只能将儿子的事悄悄地悬在心头，表面上一副无关紧要的模样，一切以笑置之。

妻子的确是非常努力地生活着，但我又何尝不是？自己原本就不是个多产的小说家，加上性情又格外羞涩，一下子被推诸于公众面前，亦不得不慌慌张张地急于就章。写作实非轻松之事，故而不免耽湎于酒精，喝喝闷酒了。人们对自己的所思所想，不能苟同，心焦恼恨之际，此时所喝之酒，便叫做闷酒。对自己的所思所想总是能完全认同的人，是不会喝闷酒的。（女人酒喝得少，主要便是这个原因。）

我与人辩论，从没有得胜的纪录，几乎可说是全盘皆输。只要对手的态度显出十足强势，即能将我的自我肯定彻底击垮，垮得一败涂地。于是乎，我变得习惯沉默了。其实，往好处想，有时，错误并非全然在己，反而是对方的自恃任性。这时候，言语上的逞势、不认输，将只会是一场凄苦惨烈的缠斗不休。对我来说，言语上的争吵便同打架斗殴一般，将留下难以磨灭的不快与憎恶。倒不如，就带着愤怒的颤抖，微笑着，沉默以对。所以说，干脆，还是喝杯闷酒吧！

老实说，发牢骚、东拉西扯、绕圈子，都是为了写下这篇故事，叙述关于我们夫妻之间吵架的故事。

"泪之谷"正是导火线。

一如先前所述，我们这对夫妻，平凡是当然的，甚至连恶言相向也不会，是颇为老实的一对。但是，一种一触即发的危险正蛰伏于暗处蠢蠢欲动着。虽然两人相视无语，却业已如同搜罗罪证般，将对方的不是在内心历历刻印。第一则先佯装无视，第二则也假装不知，待到有那么一天，罪证搜齐了，再冷不防地爆发出来，随时皆有摊牌的危机。若说这是由于夫妻间的过度容忍所致，倒也不为过。女人的话，好歹就是以不变应万变；但对于我这个做丈夫的，这却再度刺激着我濒临崩裂的男性自尊。

"泪之谷"！

这么说，似乎显得我非常的乖僻、偏执。但是，其实我这做丈夫的并不爱争吵，也不是个多话的人。当然，你多少是抱持着讽刺的心态如此一说的吧？不过，流泪的人可不只有你，对于孩子的关心，我也不输。家庭之于我到底还是重要的。夜半时分，孩子一声不舒服的呛咳，跟着睁开眼睛的我，便再也睡不着。也不是没想过换间比较好的房子，让你和孩子过得好些，然而，却是无暇抽身，这已是我能力的极限了。我呀，又不是什么妖魔鬼怪的，怎可能不顾自己妻儿的死活而冷眼旁观呢？我还未到达这般"境界"。关于配给这些事，我并不是不知道，而是没余力去了解……

这些话，我这做父亲的也只能放在心里私自嘀咕了，实在没有说出口的自信，否则若遭到妻子的反击，可只有忍气吞声的份啰。

"请个人来帮忙吧！"

在那当下，我亦只能如此顺水推舟地暗自嘟哝了吧？

妻子向来不太说话，然一旦开了口，却总是挟带着无与伦比的自信。（不仅是她，每个女人大抵都是如此吧？）

"可是，如果没有人来应征呢？"

"用心找的话，一定找得到的。总会有人来，总会有人愿意留下的吧？"

"您的意思是说我不懂得用人？"

"我哪是……"

我不得不闭上嘴。但其实，我内心的确是这么想的。不过，先闭上嘴吧！

啊啊，随便请个谁都行！要不然的话，母亲一旦背着襁褓中婴儿外出，我这做父亲的就不得不照顾其余的两个小孩了。而且，依照往例，每天通常都有十几个客人上门。

"我想到工作室去。"

"现在吗？"

"是啊！有篇稿子今天晚上非得写完不可。"

这绝对不是谎言。不过，家中的氛围让人喘不过气，想逃出去，同样也是事实。

"今天晚上我想去妹妹家。"

小姨子病重，我是知道的。但是，妻子若前去探病，我就不得不照顾孩子了。

"所以说，该请个人……"

话说一半，我作罢了。每每只要谈及妻子家亲戚的事，稍微过度，两人间的气氛就会变得十分尴尬。

活着是件相当辛苦的事。每个生命的环节间仿佛皆被系上了沉重的锁链，彼此紧紧牵绊着，稍一拉扯，便致伤见血。

我默默地站起身，自房间桌子的抽屉内取出装有稿费的信封放进和服袖袋里。接着，我将稿纸和辞典裹入黑色包袱中，仓皇地溜出家门。

已经无心思索工作之事了，脑袋里头尽想着自杀。于是，便这样一径地往喝酒的地方走去。

"欢迎光临！"

"喝酒！喝酒！哟！今天你还真是漂亮得乱七八糟呢！"

"很好看吧？就知道您会喜欢这种花色。"

"今天和老婆吵架啦！一头霉气的，真受不了。来来来！喝酒！今儿个不回家啦！绝对要在这里搞到通宵不可！"

老子可比小子重要多了。我实在很想这么说。然而，父亲的地位的确是远不如孩子啊！

店家端出了一盘樱桃来。

我们家很少给孩子吃这种奢侈品。樱桃？恐怕连看都没看过呢！若带回去给他们吃的话，他们一定很高兴。以藤蔓串着，挂在脖子上，樱桃看起来就像美丽的珊瑚项链。

然而，面对着这一大盘樱桃，我这做父亲的却一颗也不肯放过，还佯装出一脸难吃的模样，大口嚼、吐出籽来，大口嚼、吐出籽来，大口嚼、吐出籽来。心底亦不忘逞势嘀咕道：

"老子可比小子重要多了！"

## 雪夜的故事

那天，自一早开始，雪便下个不停。那件以毛毯修改，要送给侄女鹤子的长裤总算裁制完成了。放学途中，我顺道将裤子送至中野的婶婶家。其后，手上便多出了两枚鱿鱼干。

到达吉祥寺车站时，天色业已暗了。积冰已过一尺之高，雪花却依旧不歇地零落着。我仗着脚上穿着长靴，兴致盎然地专挑雪深的地方走。直至来到家附近的邮筒处，才发觉，那包用报纸卷着夹于腋下的鱿鱼干竟不见了。虽然我向来便是个漫不经心的迷糊虫，但也不至于糟糕到成天掉东西。或许是雪夜的美好使我一路雀跃莫名，因而才不经意地糊涂了吧？

我顿感怅然若失，既懊恼、失望，又对自己的大意感到自责，这可是我要送给嫂嫂的东西呢！家里的嫂子，今年夏天要生小宝宝了哟！肚子里有了小生命，特别容易感到饿，非得连同宝宝的份，一次吃上双人的食物不可。嫂嫂和我不同，是个仪止端庄高雅的人，即便是到了现在，吃的东西仍是同"黄莺的食物"般量少，从没见她吃过零食。然这回，竟难得地听她喊起饿了。有孕的她害羞地告诉我，想吃点不一样的。不久前的某一天，晚饭结束，嫂嫂一边收拾着餐桌，一边细声地嘟囔着嘴巴苦，想嚼点鱿鱼干。随之，便微微地叹了口气。那情景，始终令当时在一旁的我难以忘怀。这日，偶然自中野的婶婶那儿得到这两枚鱿鱼干，要是能拿回家悄悄递给嫂嫂吃的话，不知她会有多开心呢！但现在，东西丢了，叫我如何能不沮丧呢？

提到我的家，就哥哥、嫂嫂和我三人一同生活。哥哥是名小说家，怪胎一个，年近四十，仍半点名气也没有，而且，一贫如洗，身体状况又差，不时地便卧病在床，却只懂得凭一张嘴，对我们极尽挑剔、唠叨，自己则光说不练，一点家事也不帮。嫂嫂因而得一肩扛下男人的粗活，实在是相当的苦。

某天，我义愤填膺地对哥哥说：

"老哥！偶尔，您也该背个背包，去买点菜回来吧？别人家的先生不都是这样的吗？"

听我这么一说，他立刻涨红了脸。

"混蛋！我可不是那种不入流的男人。听好！君子（嫂嫂的名字），你也给我好好记着！就算我们一家会饿死，我也不会出门去做这些无聊的采购。把我的话给听清楚！这可是我最后的尊严！"

原来如此，真是番了不起的彻悟啊！但是，老哥说的这番话，是不是在为自己的懒惰、不想出门寻求借口？我实在是不懂哪！

我们的父亲、母亲皆为东京人。有很长的一段时间，父亲任职于东北山形县的某公家单位。哥哥和我都在山形出生，父亲也过世于山形。当时，哥哥年约二十，我则还是个要盯着母亲的女娃。我们母子三人于是重新回到东京生活。前些时候，母亲也走了，故而，现在便是哥哥、嫂嫂与我的三人家庭。由于没有所谓的故乡，因此不像其他家庭，总会有乡下寄来的土特产等东西。再加上老哥是个怪胎，几乎不和人来往，所以也不曾有那种意想不到的新奇"馈赠"。虽然只是两枚鱿鱼干，可是若能送给嫂嫂的话，她不知会有多高兴。即便也非什么珍稀之物，但那两枚鱿鱼干还真是叫人舍不得哪！我朝右转去，沿着方才走来的路仔细寻索着。结果一无所获。要于皓白的雪道上找寻白报纸所包卷的东西实在是太困难了。雪不停地下，层层覆盖在我视线所及的苍冷之地上。

我一路循线回到了吉祥寺车站附近，却依旧连颗碎石子也没找到。我叹了口气，重新撑起伞，仰望着幽暗的夜空。雪花恍若万千萤火，于天际间狂飞乱舞。好美呀！道旁的树木顶覆着一头白雪，沉重地垂下枝桠，时而，便叹息似的微弱颤动着身体。该怎么形容呢？我觉得自己仿佛置身童话世界一般，鱿鱼干的事，早忘了。突然，我的内心浮映出了一计妙想。我决定将这美丽的雪景带回去送给嫂嫂！比起鱿鱼干，这件礼物不知好上多少倍呢！净想着些吃的东西，实在是太没水平了。

有一回，哥哥告诉我，人类的眼球是可以储存影像的。就像人盯着灯泡端看了一会儿后，即使闭上眼睛，眼皮内仍旧得以清晰映现灯泡的影像一样。这是自古以来便有的说法。其后，他接着讲了一则浪漫的故事。老哥所说的话向来是胡言乱语的，几乎不能相信。但唯有当时，即便明白其所言或许尽属空造，却依然为这美丽的故事所陶醉。

从前，有位丹麦医生，当他解剖一名遇难身亡的青年水手尸体时，透过显微镜，竟发现他的视网膜中，映现着一幅家庭欢聚的美好景象。医生将此事告诉了他的小说家朋友，小说家于是为这不可思议之事，做了如下诠释：

　　年轻的水手遭遇海难，被狂涛怒浪冲上海岸。他发现，自己所死命紧抱之处，是座灯塔的窗台。他欣喜不已，正想高声呼救。却蓦然窥见，窗内，朴实的灯塔员一家，正愉快地准备进行晚餐。"不行！如果我现在大喊'救命'，那凄切的叫声，不将伤损这家人美好的欢乐时光吗？"那紧抓窗台的手，逐渐松了……唰——大浪袭来，水手的身体再次被激涛卷走……

想必便是如此吧！这名水手是世界上最体贴、最高贵的人。医生也认同这一点。后来，两人慎重地将水手的遗体埋葬了。

　　我愿意相信这则故事。即便明白就科学的角度来看待根本为无稽之谈，我也愿意相信。下雪的夜里，我想起了这样的故事，我要将此动人的雪景尽收眼底，然后，带回家。

　　"嫂嫂，注意看我的眼睛哟！肚子里的宝宝会变漂亮的喔！"我想这么说。

　　前几天，嫂嫂曾如此告诉哥哥："请在我房间的墙壁上贴些漂亮的人像画吧！这样我每天看着，将来就会生出个漂亮宝宝哟！"

　　嫂嫂笑着央求着。老哥倒是挺认真地点点头。

　　"嗯，胎教是吧？的确很重要。"

　　说着，还真把端庄女子"孙次郎"的能面 ① 照片与可爱少女"雪小面"的能面照片并陈贴于墙上。调整好了高低后，接着又将一张自己眉头紧蹙的相片紧紧地贴连于两张照片之间。

　　"哎哟！拜托，您的玉照就免了吧！看了心里怪不舒服的。"

_____

① 日本传统舞台艺术"能剧"中所使用的面具。

连我那温柔的嫂子竟也禁不住合掌拜托了起来，恳求老哥无论如何都要将相片取下。老哥的相片看久了啊，生下来的宝宝必定会是个尖嘴猴腮的"猿面冠者"①。看看这张照，那张奇怪的脸，竟还自以为是美男子呢！唉！真是令人受不了的家伙。

为了肚子里的宝宝，现在的嫂嫂确实该多看些世界上最美的东西哟！我要将今夜的雪景，全部收藏起来，留驻眼中，然后，献给嫂嫂。嫂嫂必定会比收到鱿鱼干还开心上好几倍，甚至几十倍呢！于是，我放弃了对鱿鱼干的执念，转往归家的路途行去，一边入神地欣赏着周遭美丽的雪色，不仅将其映入瞳仁，也盛满心中，步伐宛若为醉人的纯白景致轻盈簇拥着。

"嫂嫂！快来看我的眼睛！我的眼睛里映着许多非常漂亮的景色哟！"

"咦，怎么了？"嫂嫂笑盈盈地凑过来将手搭于我的肩

---

① 乃丰臣秀吉某时期的绰号。意指"沐猴而冠"，讽其虚有其表，却无真才实学。太宰治曾写过一篇同名作品。但本文中应纯乃以此述其面貌丑似猿猴，与丰臣秀吉并无关联。

上，"你的眼睛，有什么东西呀？"

"因为呀，老哥曾告诉过我，人类的眼球可以储存下刚看过的景象，不会消失哦！"

"他的话，还是别放在心上吧！八成是胡诌呢！"

"但是，那故事是真的！我愿意相信！所以呀，哪，快来看看我的眼睛！我刚刚可是看了好多好多美丽的雪景才回来的。哪，看呀！一定可以生个肌白似雪的漂亮宝宝哟！"

嫂嫂听了，露出怜爱的神情，静静地注视着我。

"哟！"

这时，老哥自隔壁的房间内走了出来。

"与其看顺子（我的名字）那对无聊的眼睛，还不如看看我的，保证效果百倍喔！"

"喔？怎么说呢？"

这一脸欠揍的老哥实在叫人讨厌。

"嫂嫂不是说过了吗，看了哥哥的眼睛，心里会不舒服的。"

"那可不一定。我的眼睛可是阅历了二十年的美丽雪景呢！二十岁以前我都住在山形哪！才不像顺子，懵懂无知之时就来到了东京，山形的壮丽雪景都没见识过呢！现在看到东京这种小家子气的雪景，就如此大惊小怪的。我的眼睛呀，更漂亮的雪景都看过了，再怎么说都比顺子的眼睛精彩啊！"

我心有不甘，恼得想哭。嫂嫂则赶紧上前帮我解围。她微笑着，轻声地说道：

"可是哪，他的眼睛虽然看过上百上千的美丽景色，但是，龌龊的、不入流的，也不下上百上千呢！"

"对啊！对啊！而且应该是负数远比正数多哟！所以才眼珠浊黄哪！哈哈哈！"

"哼！你在胡说些什么啊……"

说完，老哥便板起脸，鼓胀着双颊钻回隔壁的房间内。

# 黄金风景

海岸

碧绿的橡树

细密的黄金锁链般

串成一线

——普希金（俄国文学黄金时代诗人 1799—1837）

童年时候，我并不是个温善的孩子，时常欺负家里的女佣。因为我最讨厌别人漫不经心的模样，所以，漫不经心的女佣特别容易得到我的"照顾"。阿庆就是这样一个漫不经心的女佣。

即便是削个苹果吧，也不知她心里是在想些什么，前前后后便停手了两三回。"喂！"每次，都得人板起脸孔，厉声呵斥，否则，她便这样一手苹果一手刀的，不知发呆到几时。还不仅是如此呢！经常见到阿庆一个人杵在厨房里，什么事也没做，就只是愣愣地站着。就连我这小孩子都有些看不下去了，禁不住生起气来："喂！阿庆，太阳快下山啰!"俨然一副大人口吻。现在回想起来,还真叫人背脊发凉,凭什么我可以说出那么强横的话呢?甚至还贪得无厌。有一次,我吩咐阿庆,将图画书上阅兵典礼中所绘的数百军马兵卒——按形状裁下。有骑马的、持旗的、扛枪的……笨拙的阿庆从清早忙到了傍晚,甚而连午饭也没吃,却竟只剪了三十几个人。更糟糕的是,将军的胡子被砍掉了一半;军队里的枪兵,手掌居然成了恐怖的钉耙。最让我生气的,是夏季阿庆的手心容易出汗,故而,所剪下的军人们,全因阿庆的手汗而湿透了。我终于抓狂了,一脚踹向阿庆。精确地说,是踹向她的肩膀。阿庆捂着右颊,倏然泣伏于地,一面痛苦地呻吟道:"就连我的父母亲都不曾如此踹过我哪!我一辈子都会记得的!"她一副上气不接下气地呜咽泪诉着,令我感到更加厌恶不已。因为,对我来说,欺侮阿庆本来就是天经地义的事。即使到了现在,我依旧多少会作如是之想。对于关乎无知与驽钝的一切,我是全然无法忍受。

前年,我被逐出家门,一夕之间穷途潦倒。我徘徊于巷弄,哭诉无门。那些日子的年月里,之所以仍得以活命,皆因自己尚稍备文笔。然而,方觉足以赖此维生之际,竟又染病在身。某个夏天，我幸承了某人的情分，借宿于千叶县船桥町邻近污泥海的一间小屋中调养身体。几乎是每个夜里，我都得与盗汗情形缠斗不休。但尽管如此，还是非得工作不可。每天清晨醒来，以一杯十分之一升的冷牛奶启一日之端，日复一日。即便仅是这般，却似乎便使我奇妙地自其间感受到生之喜悦。庭院的角落处，有一丛盛开的夹竹桃，如若一簇簇熊燃的火焰，不时地牵动着我的脑袋一同随之噼噼啪啪地作痛、晕疲。

某日，一名年约四十，身材矮小、瘦削，负责作户籍调查的警员来到小屋门口。他拿起户籍簿确认着我的姓名，并盯着我那张不修边幅的脸孔仔细端详着。"啊呀！您不是……那家的少爷吗？"听其一说，才发觉警员说话的语调的确带有浓厚的乡音。"是啊，没错，"我不以为意，大大咧咧地响应着，"您是？"

员警瘦削的面庞很努力地挤出一团笑意。

"呀！果然没错吧？您或许不记得了吧，这大概是将近二十年前的事了，我曾在K地开过一家马车货运行。"

K地是我的出生村落。

"您也看到啦……"我一笑也不笑地应答着，"我现在可是落魄得很呢。"

"别这么说，"警员的脸上仍堆满着笑，"能写得出一本本的小说，也是相当的成就呀！"

我苦笑着。

"话说回来，"警员压低了声音，"阿庆倒是常常提起您哪！"

"阿庆？"我一时间反应不上来。

"是阿庆呀！就知道您忘了。是曾经在您府上帮佣的——"

啊啊！想起来了。我忍不住惊呼。原本蹲坐于玄关台阶上的我，这下子头垂得更低了。二十年前，自己凶蛮对待某个漫不经心的女佣的恶行恶状，瞬时历历在目，使我如坐针毡。

"她好吗？"突然，我抬起头，唐突地如此探问着。记忆中，当时的我，表情便同一名罪犯或被告者，猥琐浮映着卑屈的笑容。

"嗯，该怎么说呢？应该还算好吧！"警员不厌地响亮回答着，一面取出手帕擦拭着额头上的汗珠，"如果不打扰您的话，下回我再带她一道来。实在应该好好地向您道声感谢哪！"

"不不不，不必了！"我吓得全身发毛，极力地推拒着，一股难以言喻的羞辱感令自己无端地扭捏起来。

然而，警员依旧殷勤。

"我们的孩子呀！老大是个男孩，就在您这里的车站那儿工作。再下去是次男，以及两个女儿。最小的现在八岁，今年已经上小学了，我们夫妻俩应该算是解脱啰。阿庆也辛苦啦！再怎么说，不愧是在您府上这样的大宅第见识过的人，和别人多少有些不同，"警员腼腆地笑着，"真是托您的福呢！也难怪阿庆常常提起您。下回公休，我一定带她过来向您道谢。"他突然神情认真了起来。"那，今天真是打扰了。请多保重！"

比起工作，钱的事向来更令我恼烦。我是没有余裕镇日杵在家里的。那之后的第三天，我拿起竹杖，想往海边去，拉开玄关的大门，便见一对身着浴衣的夫妇及一名穿着红色洋装的小女孩，正并列立于门前，宛如一幅美丽的图画。是阿庆那家人!

我以连自己都感到意外的行止大声咆哮着:

"怎么说来就来的啊? 很抱歉, 我得办点事, 不出门不行。有什么贵干改日再谈吧!"

如今的阿庆已是个仪止端庄的中年妇人。那名八岁的小女孩, 容貌与当年在家帮佣时的阿庆极为相似, 她以一种漫不经心的迷离眼神, 愣愣地仰头凝望着我。我感到悲哀, 还不及待阿庆说上一句话, 便遁逃似的朝海滨疾趋而去。我扬起竹杖辟道, 不断地劈砍着海滨的杂草, 头也不回地前进着。迈着慌乱步伐的我, 沿着海岸直往镇上走。到镇上去做什么呢? 我茫然无措。看看活动小屋的画板广告吗? 逛赏和服店的橱窗吗? 我喳、喳地咂着嘴, 内心深处微微地响起这样的声音:"你输了! 你输了!"不, 不行! 怎么可以认输! 急躁的情绪撼摇着我的身体。又这样前行了约三十分钟后, 我终于转身折返, 打算回家。

来到海滨, 我的脚步停了。不远处, 有这样一幅温馨的画面——阿庆一家三口正悠然、愉悦地笑闹着, 对着宁静的海洋掷起石子。耳畔, 传来他们开心的笑语。

"确实……"那名警员奋力地掷出一只石子，"是个了不起的人哟！这个人，现在变得伟大了呢！"

"是呀！是哪！"阿庆拉高了嗓子得意地应和着，"这个人从小就和别人不一样。现在看起来，更亲切、更谦虚了哪！"

我延伫于此，哭了起来，心头的急躁，业已在盈溢的泪水中彻底融解。

我认输了。但或许，这才是好事一件。不这样的话，才真的不行。相信，他们的胜利也将成为我重新出发的动力。

# 畜犬谈

其实，对于狗，我还挺有自信的。自信有朝一日，一定会被狗咬。我，一定会被狗咬的！

我确实拥有这样的自信。不过，还真是庆幸啊，我至今竟仍能平安无恙，不曾惨遭狗吻，实在是不可思议。各位，狗可是猛兽哪！力足击毙马匹。大家应该都听说过吧？狗与狮子搏斗，狗甚至还能是胜利者呢！但是，说不定真的只有我一个人这么想吧。然而，您最好看看它那嘴要命的獠牙，它可绝对不是普通的家伙哪！别见它满街游走地装出一副可怜相，整日不足温饱，只能卑微地翻找垃圾箱内的废弃残渣，它可的确就是那不折不扣、足以击毙马匹的猛兽啊！什么时候会发怒、抓狂、露出本性？不知道。所以说，应该用条链子将它牢牢拴住，丝毫不能掉以轻心。

世界上有许多的饲主，在屋里养了这种可怕的猛兽，只因它可以消耗掉家中的剩饭厨余，完完全全忽略了它是一头悍猛的野兽。乖呀、乖的，倾尽一切地呵护它，把它当作家中的成员之一，让它毫无距离地接近身旁。家里的三岁孩童拉扯猛兽的耳朵，还能引来一家人的哄堂大笑。其实，应该害怕的呀！怕得连眼睛都不敢闭上。如果哪日它不巧兽性大发，突然汪的一声反咬人一口，那可怎么着？不得不慎哪！它可是猛兽啊，难保饲主就不会被咬。千万不得抱持那种十足愚昧的自信，自以为因为是饲主，便不会遭攻击。要明白，只要那口可怕的獠牙还在，那张嘴，是绝对不会留情的。况且，应该也没有任何科学立论足以证明，饲主一定不会被咬。那些人以放任的方式来饲养这群猛兽，任其游荡、窜动、四处奔驰，把它当成什么了啊？去年秋天，我的一名朋友便深受其害，成了惨烈的牺牲者。

据朋友表示，那日，他什么事也没做，就只是双手缚在怀里，优哉地漫步于巷弄之间。当时，那只狗正静静地坐在巷口。我的朋友自狗的身旁经过，确实什么也没做；当时的狗儿亦仅是以目光微微斜睨着街巷。原以为什么事也没有。不料，那家伙竟冷不防地汪的一声，朋友的右脚便莫名地被咬上一记了。

唉，灾难的来临何其突然。我的朋友怅然若失，随之，泪水心有未甘地夺眶而出。他的心情我能理解，遇到这种事，真是一点办法也没有的，不是吗？我的朋友拖着疼痛的脚足，至医院进行治疗。足足二十一天，他每日上医院。三周后，他的脚伤痊愈了，却又要开始担心体内是否被讨厌的恐水病（狂犬病）病毒入侵。于是，又不得不接受防毒注射，并与狗的饲主进行谈判。然而，由于朋友太过软弱，根本提不出任何要求，故只能忍气吞声、自认倒霉。至于那注射费，当然不会便宜，势必是得动用到额外的积蓄的。很遗憾，我明白我的朋友一定拿不出来，他想必又是为了筹措这笔钱而日夜奔走。总之，这真是个无情的灾难、大灾难。再说，若因疏忽注射而延误病情，便极可能会罹患那种名为恐水病的凄惨疾病。据悉，除了发烧、意识错乱等生理痛苦，患者的外貌还会变得同狗一般，四脚着地匍匐爬行，嘴里还会汪汪地吠叫。故当时友人那极度的忧惧与不安，实是笔墨难以形容。幸而，我的朋友素来是个老实的艰苦人，一辈子行事规规矩矩的，所以最后没有变丑，也没有发狂。有整整三七二十一天，他来来回回地屡次前往医院接受注射，现在，已经可以健康地正常工作了。

这种事情若是发生在我身上，那只狗早就不必活了吧？

我是个报复心比一般人强上三四倍的男人，一旦发生这样的事，我定会发挥出比别人残忍过五六倍的狠烈本性，立刻把它的头盖骨打得稀巴烂。这还不够，我铁定会把附近人家所有的狗，全部毒死！我又没招谁惹谁的，就这样突然地被汪地咬了一口，这实在是非常失礼而又粗蛮的行为，不是吗？即使是畜生也不得原谅。绝不能因为它是无知的畜生，便特别得到人类的娇纵。所以，不能饶恕，必须施以严刑峻法。那年秋天朋友的遇难，使我长久以来对于狗的憎恨感，更是升达了极点。我感到火冒三丈，一股脑的厌恶。

今年元月，我于山梨县的甲府近郊，租了间分别有八叠、三叠、一叠大的房间的茅屋权作工作室，过着隐居似的生活，以督促自己专注地来写些不成气候的小说。这甲府小镇，走到哪儿都看得到狗，于数量上更是可观。它们四处流荡，或站，或卧，或奔窜，或亮着利齿吠叫。一有大一点的空地，定成为野狗们盘踞的巢穴。它们乐于进行那种进退厮杀的无聊格斗游戏。入了夜，这群狗更宛如成群结伴的野蛮盗匪般，旋风似的纵横叱咤于无人的街道间。我想，甲府的每户人家，大概至少都平均养了两只狗吧？数量的确不少。

山梨县向来便以出产甲斐犬而闻名，但是，现在在街头上所能看见的这些狗，绝非这类的高贵纯种狗，反倒是以红棕色的长毛狮子犬为主，甚至还有些毫无特色的劣等狗。早先便对狗类怀恨在心，而自朋友遇难以来，我对狗的嫌恶感更是与日俱增。那份强烈的警戒心，我从未懈忘。无论它们是猖狂地在大街小巷横行，或是蜷成一团，清闲地睡着觉，皆不能掉以轻心。其实，我早已为此绞尽脑汁，如果可以的话，我还真想戴上盔甲，穿上护手、护腿在街上行走。但是，那副怪异的模样，绝对是会引人侧目的，况且也不能为世俗所容许，因此，我便只能再寻求其他方式了。我十分认真、审慎地思量对策，并开始试图研究狗的心理。对于人类的心理，我是向来了解深彻的。偶尔，的确真有一针见血指出症结之时。至于狗的心理可就难啰！人的语言于狗与人的情感交流过程中，究竟扮演着什么样的角色呢？这是第一个难题。如果语言无用，那便仅能通过解读对方的动作、表情等来进行了解，例如尾巴的摆动，这是个十分重要的指标。然而，经仔细探究，我才发觉，关于狗类的尾部摇摆，还真是一门相当复杂的学问，绝非三言两语得以轻松诠释的。我完全绝望了。于是，最终我研究出了一套劣拙非常、窝囊至极的生存之道，这是穷途末路的我唯一可施的一招。

　　反正，一遇上狗，我就堆满着笑，以宣示自己对其毫无伤害之心。至于夜晚，脸部的笑容或许较不易被看见，那就天真无邪地吟唱首童谣吧，尽量让它们知道，我是个爱好和平的人。这一招，感觉多少有点效果，狗儿对我的确不曾做出飞扑、噬咬之类的不友善动作。不过，还是不可卸下心防疏忽大意。经过狗的身旁时，无论你多么恐惧，绝对不可跑步。必须谦卑地笑、谄媚地笑，纯真轻盈地晃着脑袋，慢慢地、慢慢地走，即使心头、背脊早如爬满十条毛虫，已经害怕得几近窒息、狂冒冷汗，还是要慢慢地、慢慢地走。我实在极度痛恨讨厌自己的卑屈，甚至讨厌得想哭。但是，若不这样，便马上有被咬的可能。我不得不装可怜，试着和各种狗打交道。另外像头发如果有点长了，也可能被它们当作可疑的家伙，成为它们吠叫的对象。如不想沦于此境，便得勤快地上理发厅。拿着手杖走路，则可能被狗兄弟们误以为成威吓的武器，因而产生戒心。为了避免麻烦，手杖最好永远不用。

　　然而，狗的心理还确实是深不可测哪！意料之外的状况就这样莫名其妙地发生了。我被狗盯上了。它们摇着尾巴，鱼贯地跟随在我的后头。这实在是十足讽刺。自己对于狗的憎恶，早已升腾至了极致，与其得到这群畜生的欢心，倒不如被骆驼爱慕得好；或是被丑得无以复加的女人缠上，我看心情也不会太差。这种比拟的确是很肤浅的说法，但所谓的自尊，便是即使身为蚁蝼，再怎么样，亦总有无法容忍之境况。我讨厌狗，早就看穿了这种凶蛮猛兽的本性，心中颇不以为然。这些家伙，充其量，不过就为了得到那每日一两顿的剩饭施舍，便出卖朋友，与妻子别离，甘愿孑然一身地屈居于屋檐之下，装出一副忠心耿耿的模样，对昔日的朋友吠叫，并无情地忘却父母、兄弟，仅一味地观察饲主的脸色，然后极尽阿谀诌媚之能事，实在是恬不知耻。就算挨了打，也只是哎哎地叫，夹着尾巴不敢反抗，惹得一家人大笑。这种心理上的卑劣、丑陋，是这狗东西常有的行为。明明拥有健壮的脚，能轻轻松松地日行十里；拥有白亮的利齿，力足击毙狮兽，却肆无忌惮地发挥其懒惰、无赖的劣根性，一点矜持也没有，动辄向人类屈服，寻求可笑的归属感。同族之间却相互敌视，一碰面，便互吠、互咬，满脑子净晓得死命讨好人类。看看鸟雀吧！这些身无寸甲的纤弱小鸟儿，基于对自由的崇尚，截然于人类的世界之外，经营出一个别开生面的小社会，同类间彼此相亲相爱，欣然接受贫乏的生活，日日愉悦地歌唱。如此相较，便益觉得狗实在龌龊，令人憎恨。虽然现在受到它们如此之欢迎，我却依旧感到嫌恶不已，难以忍受。但这些狗似乎真的特别喜欢我，纷纷摇着尾巴凑上来猛献殷勤，我实在是不知该说狼狈还是懊悔哪！这是我因过分防惧狗的猛兽性，漫无节制地谄笑逢迎所种得的果，使狗儿们误以为我是它们的知己，它们看穿了我，知道我不足为患，事态于是发展为此般毫无益处的结果。面对事情，谨守分寸是十分重要的。至今，我仍是没有完全学会节制。

那是早春时候的事。晚饭前，我至邻近的四十九联队的练兵场上散步。两三只狗就这样跟在我的后头。即便依然担心自己的后脚跟随时会成为它们的嘴中肉，我也一如往昔，装出一副悠然而无邪的模样，听天由命地哼唱闲步着，另一头则拼命压抑住自己想如兔子般脱逃的强烈冲动。按捺着、按捺着啊。狗儿成群地跟随着我，走着走着，便开始相互争斗了起来。我刻意行若无事地继续前进，头也不回，内心却业已鼓噪难耐。如果手上有把枪，我一定会毫不犹豫地砰砰砰将它们全给杀光！狗群对于我这面似菩萨、心如夜叉之人的奸佞害心，却是全然一无所悉，始终跟着我到处走。练兵场绕完了一圈，我仍旧受着狗儿们的眷顾，就这样一路被护送到家。但通常我回到家前，背后的狗就会逐渐散开离去，全部消失无踪。这是一向的惯例。但那日，出现了一只特别黏人的不起眼的小黑狗，身长仅五寸。这家伙虽小，却也不得大意。它的牙齿应该早已长齐了，若是被咬到的话，还得三七二十一天，天天上医院报到呢！而且，像这样幼小的东西，没什么常识可言，也因此喜怒无常，非得更加小心不可。小狗儿一下前、一下后、一下仰头看看我的脸，就这样，摇摇晃晃地，一路跟到了我们家门前。

"喂，有只怪东西跟着来了。"

"啊呀，好可爱哪！"

"可爱吗？把它赶走吧！不要太大意，当心被咬。去拿点蛋糕什么的。"

……还是一贯的软弱外交。而这小狗儿似乎也立刻便看穿了我那内在的怯惧，还挺懂得乘人之危的，就这样厚颜无耻地硬是在我家住了下来。于是，历经了三月、四月、五月、六月、七月、八月……直至金风萧飒的此时此刻，这只狗仍在我家。为了这只狗，我不知落泪了多少回，就是迟迟未能下定决心与之做个了结。我无可奈何，于是随意取了个叫"小不点"的名字来称呼这只狗。不过，虽然已与小不点在一起相处半年了，我却还是无法认同它是家中的一分子，仍将它视作"外人"，我心存芥蒂、揣度猜忌，无论如何就是没法对其释然以待。

小不点刚到这个家的时候还是只幼犬，时而会疑惑地观察着地上的蚂蚁及蛤蟆，然后害怕得悲鸣，逗趣的样子令我不禁为之失笑。虽然是个讨厌的家伙，不过，或许是上天另有安排，所以才让它迷了路，闯进这个家的吧？……我在外廊下给它做了个睡觉的窝，食物也替它煮得同给婴儿吃的那般软烂，并仔细地为它在身上撒上灭蚤粉。然而，共处了一段时日后，我发现，还是不行。劣狗的本性在它身上发挥得淋漓尽致。这卑劣的家伙，原本不过是只被丢弃在练兵场角落的小狗，而散步途中的我，便这样被它给纠缠上了。当时也没注意到它那枯瘦、光秃的臀部，一屁股的毛几乎全掉了。也只有我会这么拿蛋糕给它、帮它煮稀饭、一句粗话也舍不得说。我疗抚陈伤似的敬重对待它，换作是其他人，早就抬脚一踹，把它给赶走了。而我之所以此般亲切地对待它，并不是出自于对狗的喜爱，反倒是源于一种对狗的强烈厌恶、畏惧所衍生出的狡猾策略。原以为在我的调教之下，这只小不点好歹也会长成一只颇具男性雄风的大狗吧？这不是我想卖弄恩情，只是，多少觉得，如果它能带给我们一点乐趣的话，那也不错。然而，野狗就是不成气候啊！吃饱了，就开始进行起饭后运动，把木屐当作玩具，啃得惨不忍睹。晾在庭院的衣服全都遭了殃，被它扯下来沾得满是泥巴。

"别再闹啦！真是让人伤脑筋！有谁拜托你这么做吗？"

我尽量温和地告诫着它。不料，狗转了转眼珠子，竟将我的告诫当作了调情。这是怎样一种死皮赖脸的娇惯心态呀？我对于这只狗的厚脸皮暗自吃惊，并感到鄙夷不已。小狗长大后，愈益暴露出它低劣的本质。首先，形体不好看。

幼小时，觉得它的体态多少还算匀称，本来还想说或许掺杂了什么优秀的血统呢！没想到，完全不是这么一回事。随着它躯干的突壮猛长，四肢的则明显地变得短小，同乌龟一样，简直不能看。我出门时，这副丑陋的形体当然也是如影随形地跟着我。"哇呀！好奇怪的狗！"街上的年轻男女笑着指指点点的。我多少也还要点颜面，真恨不得及早结束这趟行程，无可奈何，只好索性装作不认识它，快步前行。然而，小不点依旧黏着我。它不时地仰头看着我的脸，忽前、忽后，纠缠似的紧随着我。这样的行止，再怎么看也不像是"外人"，分明就是对情志相契的主仆了。托它的福，现在我每一出门，心情都相当的抑郁消沉。也罢，这或许倒是一种很好的修行。不过，如果只是跟前跟后的，那也还好。麻烦的是，这期间，它那潜藏的好斗猛兽本性，却慢慢地显露了出来。当他跟着我的时候，每遇出没街头的狗，皆会一一"打招呼"示意，也就是先吵个一架方休。小不点腿短，但年轻气盛，打起架来一副挺强悍的样子。它曾踏进空地的野狗巢穴，独自单挑五只狗，虽然态势看来相当不利，但它却靠着矫健的身段，屡屡避开危险，自信满满地朝对手飞扑而去。然而，当然也有屈居劣势的时候，瞧它一边吠叫一边退却，哀鸣的神情使它原本黝黑的脸瞬时变得惨白。不过倏地，却又见它再度朝那只壮如小牛般的牧羊犬扑了上去。这时，我的脸是真的绿了。只见那只巨犬抬起前足，如滚车轮似的将小不点当作了玩具扒。幸亏，这对手看来似乎并未打算认真打"招呼"，小不点才终得以侥幸捡回一命。意外碰上如此凶蛮的家伙，我想对方大半的气焰也差不多消了吧？后来，小不点便逐渐学会了先以双眼衡量情势，以避免徒劳的打斗。况且，我不喜欢打斗，不，也不是不喜欢，应该说，容许这群刁畜野兽纵性恣行，放任它们打成一团，这是文明国家的耻辱。这些震耳欲聋，汪汪、哟哟、嘎嘎的野蛮叫吼，让人厌恨不已，即便把它们全给杀了，亦不足以弭平我心中的激切愤恶。我并不爱小不点，于它，不过是出于一分恐惧、憎恶，一点点爱都没有。因此，就算它死了，也于我无伤。难不成它以为，只要这样大大咧咧地缠着我，我便有饲养它的义务吗？在路上，只要是遇上狗，必定得吠叫得那等凄厉，可知道，我这做主人的，是害怕得直打哆嗦吗？巴不得马上叫来一辆车，坐上去，啪地关上门，立刻一溜烟地扬长而去。若是打个架就了事的话，这倒还好。但如果对方的狗狂乱不能自已，猛然向我这个小不点的主人飞扑而来，那可怎么办？届时便说什么皆为时已晚啦！这嗜血的猛兽，会做出什么事来，谁也不知道。我搞不好会被撕咬得惨不忍睹，三七二十一天日日非得上医院报到不可。狗群打架，实是个地狱哪！我于是趁机开导小不点：

"不可以打架！要打架就离我远一点。我不喜欢你这样。"

小不点似乎听得懂我的话般，被我数落了一番后，竟显得有些无精打采。我心想，终于，这狗总算知道对我有所敬畏啦！是我一而再、再而三的反复忠告渐渐开始奏效了，还是与牧羊犬的一战，使它吃了一场难堪的败仗所致？小不点的态度头一遭如此卑屈、顺从。同我一起走在路上时，见其他的狗向它吠叫，它亦仅是简洁地叫了一声，仿佛是在说："唉呀！讨厌、讨厌，真是野蛮！"然后，则一个劲儿要讨我欢心似的表现出它的庄重。它抖了抖身子摆起架子，如同在嘲谑着其他狗的愚蠢与无知，随之则哀怜地斜眼睨视着对方，同时仰头窥探着我的脸色，嘿、嘿、嘿的，宛如在卑微地谄笑。那种样子倒是不太令人讨厌。

"总算仍有一点可取之处。这家伙还挺会看人脸色的。"

"您又想出了什么花招逗它了是吧?"妻子起先对于小不点亦是漠不关心的,但现在,才噗嗞噗嗞地发着牢骚说洗好的衣服被弄脏之类的,却转个身便忘得干净,又随之"小不点""小不点"地唤个没停,拼命拿菜饭什么的要喂它,笑着说:"我的性格大概完全破产啦!"

"听说会越来越像饲主呢!"我哪! 只是越来越感到苦恼。

迈入了七月,家里的生活出现了转变。我们好不容易在东京三鹰村的预售屋中看上了一座小房,并且即将完工。一个月似乎仅需支付二十四元的贷款即可。我们与原屋主定下契约,逐步开始办理移转手续。房子一盖好,屋主将会以快递信立即通知我们。如此一来,小不点势必便得接受被抛弃的命运了。

"一起带走也没关系吧!"妻子果然还是不认为小不点是个问题,以为怎样都无所谓。

"不行! 我并不是因为可爱,而是因为害怕遭狗报复，逼不得已，才闷不吭声地收留它的。你到现在还搞不懂啊?"

"但是，您一没看到小不点，不也是小不点哪里去了、哪里去了地吵吵嚷嚷，闹得天翻地覆的吗?"

"如果真不见了，那就可怕啦! 或许会瞒着我偷偷去结党营私也说不定。我明白那家伙十分看不起我。狗这种东西啊，报复心相当强的咧!"

我想，现在绝对是个好机会。就这样与这只狗做个了断吧! 把它留在这里，然后坐火车前往东京。一只狗总不至于翻过笹子岭，追到三鹰村来吧? 我们并不是遗弃它，纯粹是搬家时，忘了带着它。没有罪。即便是小不点本身也没有恨我们的道理，更没有报复的理由。

"真的没关系吗? 不会就这么饿死了吧? 该不会遭亡灵纠缠吧?"

"原本就是只流浪狗，没人要的东西啊!"

妻子似乎还是有些不安。

"也对，总不至于饿死才是。再怎么说，这样处理还是比较好。若把那只狗带到东京，面对朋友时还真是难为情。

身子那么长，真不好看。"

留下小不点的事，就此敲定。接着，事情又有了变化。小不点染上了皮肤病，而且情况严重，难以形容的惨状，简直是不忍卒睹。正值炎夏时节，非同小可的恶臭飘散开来。这下，连妻子都晕了。

"别让它待在这儿啦！把它杀了吧！"女人到了这个时候，比起男人更加冷酷，胆量也大了。

"杀掉吗？"我大吃一惊，"不能再忍一忍吗？"

我们一心企盼着来自三鹰的屋主的快递信。屋主曾表示七月底左右应该可以完工的。眼看着七月将尽，差不多就是这一两天的事了，需要搬运的行李也已打包完毕，就等着屋主的一封信。然而，候盼的通知迟迟未来。待到我们寄信前去打听之时，小不点便已患上了皮肤病，越看越叫人鼻酸。现在，似乎就连小不点也为自己的丑陋感到羞耻，总是喜欢躲在阴暗的角落里。偶尔，见它浑身无力地躺在门口向阳的铺石路上，"唉呀！真不知好歹！"我破口大骂。它迅速起身，随即垂着头默不作响地悄悄钻回外廊的木板下。

即便如此，当我出门的时候，常不知它是自哪儿一路跟来的，老见它蹑手蹑脚地紧随在我的后头，像个跟班似的。被这样一个如同妖怪般的东西黏着，哪受得了啊？于是，每遇到这样的情形，我便会定定地凝视着小不点，嘴角则明确地浮现着一抹讥嘲的神色，就这样静静地盯着它瞧。这一招非常有效。小不点便会如同突然想起了自己的丑陋似的，立刻低下头，无精打采地消失在我的眼前。

"实在受不了啦！连身上都开始痒起来了，"妻子不断地向我诉苦，"我已经很努力地尽量不去看它了。可是，每当见到它，就又破功啦！就连睡觉都梦到。"

"哎呀，再忍个一阵子吧！"我想，除了忍耐，再无其他办法。即便非常伤脑筋，但对方可是头猛兽啊！若太轻举妄动，可能会惨遭啮咬的。"明天三鹰那边不是会有回音吗？等搬完家后，这件事不就解决了吗？"

三鹰的屋主来信了，读后令人相当失望。信上说，由于连续的降雨，壁泥未干，加之以人手不足，距离完工之日推估起来大概还需十天。实在是烦不胜烦哪！为了逃避小不点，我们整日盼着早日搬家。我感到十分焦躁不安，手头的工作也无法进行下去，只能翻翻杂志、灌灌酒。小不点的病一天比一天严重了，我的皮肤也不知怎的，一个劲儿地跟着痒了起来。夜里，小不点在屋外啪哒啪哒地扭身搔痒，那声响，令人毛骨悚然，早已不知自睡梦中被惊醒了多少次。真的快不行了。好几回，我真想狠下心来，无情地将它赶走。其后，屋主又来信了，表示还要再多等个二十天。我的心头气愤而烦乱，于是开始迁怒于身边的小不点。就是因为这个家伙，今天才这样诸事不顺的，一切的糟糕事全因小不点而生！我不由得咒骂起它来。某晚，我竟在我的被铺上发现了狗跳蚤。此刻，我那按捺已久的愤懑之气终于爆发了，心中暗自下了一个重大决定。

我决定杀掉它。对象既然是头可怕的猛兽，如果是平日的我，是绝对不至于如此倒行逆施的。然而，盆地特有的溽热却蛊惑人般，驱策着我一径地血脉偾张。何况，终日这般无所事事，只是痴痴地等着屋主的快信，行尸走肉般迎送着每个百无聊赖的穷极时日的我，已是心烦意乱、情绪浮躁，加上长期的失眠，精神几近疯狂，因此才会一股脑地豁了出去。发现狗蚤的那夜，我随即叫妻子去买了块牛肉，自己则前往药房张罗了点那种药。一切准备妥当。妻子看来异常兴奋。那天夜里，我们还真像对鬼夫妇，彼此凑着头，鬼促促地窃窃私语。

翌日清晨，我四点钟就醒了来。虽然早已调好了闹钟，但还没等它作响，我便已睁开了眼。东方甫白，寒风彻骨，我一早即拎起竹皮包，准备出门。

"做完了，看都别看，马上回家，知道吗？"妻子站在玄关的铺台上送我，口中平静地说。

"晓得、晓得。小不点，来！"

小不点摇着尾巴，从廊下走出。

"来！来！"我快步前行着。这日，我不再那般不怀好意地凝视小不点了，所以小不点也几乎忘却了自己的丑陋，高高兴兴地跟随着我。雾很浓，整个城镇还在宁静中睡着，我朝练兵场快步走去。途中，一只令人恐怖的红毛大狗对着小不点狂吠。小不点依照往例，表现出高雅的风度。哎，吵什么吵呀？它二话不说，朝着红毛犬轻蔑一瞥，并匆匆地自其面前行过。然而，这头红毛犬相当卑鄙，竟粗蛮地从小不点的背后，朝它发冷的睾丸一道疾风似的袭击。小不点旋即转身，同时若有顾忌地揣度着我的脸色。

"上吧！"我大声喝令，"卑鄙的红毛！尽全力干掉它！"

遭获解禁的小不点，此时身躯大大一抖，随即子弹似的朝红毛犬的胸膛飞扑而去。顷刻间，一阵猗猗嚷嚷，两只狗扭成一团地格斗了起来。红毛的体型有小不点的两倍之大，却完全败居劣势，不久便哀鸣惨吠地撤退认输了，说不定还传染上了小不点的皮肤病呢！这混账家伙！

打斗结束，我松了口气。战况之激烈一如文字所述，我的手心冒汗，看得出神。霎时间，我亦仿佛卷入了两只狗的搏斗之中，感受到死亡的气息，似乎连我也遭到了啮杀一般。小不点！尽兴地打一架吧！一股异样的力量充盈灌注着小不点的全身……小不点朝着败阵的红毛追了一会儿后，突然停了下来，再度畏怯地窥探着我的神色，随之便又无精打采地垂着头回到了我的身旁。

"很好！很好！"我对它褒奖了一阵，随之继续向前迈步。我们咔哒咔哒地过了桥，已经来到练兵场了。之前小不点便是被丢弃在这座练兵场的。因此，现在，我们再次回到此处。死在故乡总没遗憾了吧！

我立定脚步，将牛肉掷落它脚边。

"小不点，吃吧！"我心不在焉地站着，不想看小不点，"小不点，吃吧！"脚边传来啪嗞啪嗞嚼食肉块的声音。应该不到一分钟便会死亡。

……我弯着背，踽踽而行。雾气深沉，邻近的山陵，尽是一片模糊的黑。什么南阿尔卑斯连峰、富士山的，都看不着。寒凉的朝露将我的木屐湿透，我的背更加蜷了，缓缓地迈着步子归去。过了桥，来到中学校前，我转头回望。小不点正好端正地站着。它满脸忧容，低着头，卑怯地回避着我的视线。

我已经是个成年人了，不再因上天的恶作剧而感伤。是的，药品失效了，我明白，不由得暗自点了点头。一切返归原点，我回到了家。

"不行呀！药没效，就饶了它吧！这家伙无罪。艺术家原本就该是弱势者的同伴哪！"我将沿途所想的说辞原封不动地全盘搬出，"正所谓弱者的朋友，作为一个艺术家若能从这点出发，方可达到最高的境界啊！这么单纯的事情，我竟然忘了。不止是我，大家都忘了呢！我决定带小不点上东京。如果哪个朋友敢笑它丑，我就揍他！喔喔，有鸡蛋吗?"

　　"嗯⋯⋯"妻子一脸愁容。

　　"帮小不点涂上吧, 如果需要两个, 就用两个无妨。你也忍着些吧, 皮肤病啊, 很快就会好的!"

　　"嗯⋯⋯"妻子依旧一脸愁容。

# 盲目随笔

什么都不要写，什么都不要读，什么都不要想。只要生存，只要活着！


太古的形态是团漫无边际的混沌苍穹。可别在这团混沌中迷失。再也没有比人类更残酷的生命体。你连一个铜板也不曾给我。但即便是死，我也不会求助于你。刷牙、洗脸，然后坐在外廊的藤椅上休憩，静静地看妻子洗濯衣物的模样。盆中的水泼洒在庭院的黑色泥土上，四处淌溢，默无声息。水到渠成。如果有这样的一部小说，亘古千万年而不朽，我必定会惊呼盛赞，喟叹这人类行为的极致。

目光如炬的主角走出银座，随手招来一台百元计程车①，故事于是而生。然而，我们的主角拥有着崇高的理想，要实现理想必须备尝苦辛。于是乎，"阿修罗"②般忍辱负重

---

① 昭和初期，一种以搭乘趟次计价的小型载客汽车，搭乘一趟收费一百日元。

② 佛教六道之一。为梵语 Asura 之音译，意为"非天"。原指古印度神话中的恶神，追求力量，凶猛好斗。在佛教中，以其虽属天界，却无天人之德，性情谄诈，故而称其为"非天"。

的坚毅形影，紧紧扣动着千百读者的心。就这样，东扯西扯地，小说的架构逐步成体。——我也很想写出这种很像小说的小说。

一位打从中学时代便认识的朋友，最近娶了一名喜爱穿着洋装的妻子。我一眼即看穿，她是狐狸的化身。虽然觉得朋友可怜，却也不好直言。狐狸精喜欢上我的朋友，我的朋友遭到了狐媚。也许是心理作用吧？我总觉得他日益消瘦。于是，我佯装不晓，洋洋洒洒地写了篇完整的小说，希望得以迂回隐晦地点醒他。朋友的书柜里摆着一本名为《人生四十才开始》的书，他素来以自己健康的生活态度自豪，附近的邻居也多认为我的朋友相当健康。然而，若是我的朋友因读了我的小说而说出一句："多亏你的小说救了我！"我才是真正写了部有意义的小说。

不过，我已经无法这么做了！水，无声地向前流动、延展着。这方是我当前触目所见。我不能当个骗子。小说，要写出个上百篇佳作，对我而言，毫无困难（大概花三个钟头），牺牲点睡眠而已。是呀！用诸位的话来说，便是"沉思"片晌。

翻开《枕草子》①：

    扰乱我心者——走过鸟园，看到平日驯养的鸟雀快活地跳跃；走过庭院，看到小儿高兴地戏耍。唯独我，落寞地点燃熏香，侧卧，揽镜自赏，黯然情伤。

**我试着以自己的思维重新织构文字：**

    眼之所见，日益模糊；耳之所闻，日益稀微；双手所捧，倏忽自指掌间流逝遁形，再也不同往日。我隐藏着这不安的秘密，莫让人知。借了三块钱可以故意不还（因为我是贵族之子）。雪白的裸女偃卧相伴（象征生灵的可悲）。我想，再也没有同我这般貌容玉树临风之人。祭典。

----

① 草子，文章体裁之一，意为随笔。"枕草子"即"枕边随笔"之意。《枕草子》一作乃平安时代中期的女流作家清少纳言之散文集，与紫式部的《源氏物语》齐名。

嗯，可以了。

七岁那年，我在村里的草竞马 ① 活动上看到优胜马匹那意气风发的滑稽模样，不禁指指点点地嘲笑起它们。不料，此事竟为我接下来一连串的不幸开了端。我喜爱祭典，疯狂般地喜爱。但有一回，却由于自己谎称感冒，而被迫一整日躺在昏暗的房间内不得出户嬉玩。

呀，一共几张啦?（我的邻居松子，一名十六岁的小姑娘，正在记录着我的独白。）松子舔了舔指尖："一张、两张、三张、四张……然后再一、二、三、四,四行。"她回答道。"嗯，暂时就这样喽! 谢了。"我从松子手中接过稿纸。平均每张纸稿上皆有三十来个错别字。不可以生气，我仔细地从头校正着。同时也为自己感到失望，我居然只挤出了五张稿纸来? 从前，江户的番町宅邸里有个专门数盘子的幽灵，名叫阿菊。但她再怎么数、如何地算，盘子总是少了一枚。对于幽灵阿菊的不甘之情，我终于能够感同身受。

--------

① 不发放马券的业余性赛马活动，为地方祭典中的仪式活动之一。骑士年龄自小学生至高龄者皆有。

这下子，即便是上床睡觉，我也得握着支笔，以备不时之需。

此刻，坐在我所躺卧的藤椅旁的这名邻家少女，正轻轻地倚着桌子，好奇地翻阅着文艺杂志《非望》。应该写点关于她的事。

我是于昭和十年的七月一日移居至此。那年的八月中旬，我为邻居庭院里的三株夹竹桃所吸引，十分渴望拥有。因而嘱咐妻子前往邻人家请求，哪一株都好，希望得以割让其中之一。妻子一边穿起和服，一边说道："用钱买，有点失礼吧？改天我上东京，再顺手买个手提包什么的当礼物不是比较好吗？"虽然她这么说，我依旧如是回答："用钱买比较好。"并随手拿了两块钱给妻子。

妻子返来后，通过她的陈述，我才知悉，邻家的主人是名古屋某家私人铁路的站长，每个月只回家一次。因此，屋子里常常只有太太及一名十六岁的女儿在家。"谈起夹竹桃啊，她也不好说买卖，直说喜欢的话就请不必客气。"妻子说。真是让人印象很好的太太。隔天，我马上从镇上找来了园艺师同我一道前去邻人家拜访。一名四十多岁，有着副细致五官的妇人出来应门。微微丰腴的体态，加上张可爱的小嘴，令人颇有好感。我请求她将其中一株让给我，接着，我们坐在外廊处聊起天来。印象中，她大致是这样说着：

"我的故乡在青森，很难得看到夹竹桃这类的花。我喜欢夏天的花，合欢、百日红、蜀葵、向日葵、夹竹桃、莲花，还有鬼百合、夏菊、戴草，全部都喜欢。就唯独木槿不爱。"

听她兀自兴奋地点着许多花名，正觉得有些不耐烦。谁知，我可错了！到头来她仅说了这段话，其后再无言语。我准备回家，并对着那名一直动也不动坐在太太身后的小女孩客气招呼道："欢迎到我们家来玩喔!"女孩答："好!"随之竟真的就静静地跟在我的后头回家，并进到我的房间来坐下。

实在没想到，原本大好的心情，居然会因自己为夹竹桃所惑而坏损，我感到有些不甘。栽种夹竹桃的事，就完全交给妻子负责了。我则与松子坐在八叠大的房间内闲谈。总觉得，和她聊天，便如同在浏览书籍的前二三十页般，会有种熟悉、居家、温馨的感觉，令我畅然忘情。

隔天清晨，我发现，松子往我家的信箱里，投入了一封折叠成四等份的西式信笺。历经了一夜的辗转反侧，那日，我起得比妻子早。我起身离开床铺，边刷牙，边取出信箱中的报纸，随之发现了那张纸片。

纸片上如此写着：

> 谁都没有发觉，您是位高贵的人。
>
> 您不可以死。
>
> 我什么都可以为您做，赴汤蹈火，在所不辞。

早饭时，我将纸片拿给了妻子看。妻子说，这一定是个好孩子，到隔壁邀请她，请她每天来家里玩吧！自此之后，松子没有一天不曾到访。

"松子的皮肤黑，当助产士比较合适吧？"一日，正为着某事懊恼的我如此脱口而出。不只是又黑又丑，鼻梁也低，完全称不上为美貌。唯独那两端伶俐地往上翘起的嘴角，以及一对大而黑的眼睛，勉强算得上是她的优势。我询问妻子对她仪表的看法。"以十六岁的年纪来说，应该算是比较成熟的吧？"妻子答道。至于衣着打扮上，妻子说：

"感觉无论何时都十分整洁得体不是吗？况且，隔壁太太应该也是个端庄的人呀！"

我一和松子聊天，时常便忘了时间。

"我十八岁的时候，要上京都去，到茶屋工作。"

"是吗？已经决定了吗？"

"听妈妈说，她有认识的人在那里经营大型茶屋哟！"所谓的茶屋，其实就是指那种高级料理店。然而，松子的父亲身为车站站长，她若从事那样的行业，恐怕不妥吧？我的心底颇不以为然，于是问道：

"那不是在做女服务生吗？"

"是呀！不过，据说啊，那是在京都颇具渊源，很了不起的一间茶屋哦！"

"我会去捧场的。"

"一定哦！"她很有精神地说。随之又将视线眺向远方，喃喃低语着："只准您一个人来哟！"

"怎么说呢？"

她停下那双原先不断捻着袖缘的手，点了点头。"因为，人多的话，我存钱的速度就变慢了嘛！"看来，松子打算请客呢！

"目前你在存钱吗？"

"母亲大人帮我买了保险哦！到我三十二岁的时候，应该会有个几百块钱吧？可以领回很多呢！"

有一晚，我忽然想起人家曾这样说："胆小懦弱的女孩多半为私生子。"我不觉担心起来。但看样子，松子应该还不算是软弱的吧？我于是试着探问松子。

"松子，你觉得你自己的身体重要吗？"

当时，松子正于隔壁六叠大的房间内，帮妻子整理着该清洗的东西。我的提问仿佛泼出的水似的，消没于静默中。过了一会儿，"当然。"才听到松子如此回答。

"是吗？那就好。"倚卧的我翻了个身，依然闭着眼睛。我这才安心。

这段时间，有一次，我曾当着松子的面，将煮沸的铁茶壶朝着妻子丢去。因为我发现了妻子的一封信，写着要拿金钱资助我一位贫穷的朋友。我说，不要做越矩的事！妻子则理直气壮地响应，用的可是她自己的私房钱。我勃然大怒，"我必须容忍你的自作主张吗？"说着，便将铁茶壶对准屋顶用力一扔。我气急败坏地瘫坐于藤椅上。这时，我看见了站立于旁的松子。她的手中紧握着剪刀，准备向我刺过来，还是准备刺向妻子？我是随时被刺死也无所谓了，因此不以为意地视若无睹。但妻子却似乎对此浑然不知。

有关松子的事，就这样吧，懒得再多写了！其实是不愿再多写下去吧？我可是真心地宝贝着这个孩子哪！

松子现在不在我身边。因为天色已晚，我让她回家去了。

夜深了，我必须好好睡个觉才行。已经整整有三天三夜，我即便用尽了各种方式仍不成眠。这样下来可不行，镇日恍恍惚惚的。这种时候，妻子比我更难耐。"抚摸抚摸我的身体嘛！一定会好睡点的。"她一边说话，一边哭泣着。我试着照做，但是，行不通。此刻，于瞳仁深处，映现起邻村的森林附近，那恍若蓟花般的灯火光影。

现在的我，是非得睡个觉不可的。然而，已经下笔的创作，又不得不做个了结。我于是在枕边摆放着备好的空白稿纸及 3B 铅笔，偕我一同入睡。

每夜、每夜，那宛如落英飘扬，于眉宇间狂飞乱舞的无以数计言语洪水，今宵何故？竟如若歇止降雪的寒空，空荡荡然。我一人被孤单地留弃于苍凉旷野，一种寂寞得宁可变作石头的鄙琐念头，弄人地辗转于胸。

远方的天空，水色的翔舞彩蝶，手够不着。我扬起捕虫网，两只、三只。虽然，明知这不过是空洞的言语，但无论如何，是抓到了。

夜的语言。

"但丁——波特莱尔——我。一脉绝对而固若金汤的钢铁文统。舍我，谁都不配。""虽死，吾往矣。""为永生而活。""挫折的美。""只讲求现实。夜晚，徘徊户外，我清晰地感受到，那些体内的糟糕东西正愉悦地欢呼着。竹杖（我知道附近的人皆称它作棍子），一旦缺少了它，散步的趣味便大打折扣。定要敲敲电线杆、打打树干、摺倒脚边的杂草，这才叫做散步。这带渔夫街，因夜深而人静，由于隔日一大早便得随即上工了。淤泥之海，我穿着木屐，径直走入。刷着牙，心里头净想着死亡的事。我一边大男人似的大声呵斥（真没用呀！振作一点！），一边却又怯懦低喃（你呀！真是没用得令人担心哪！）。船桥的街上，四处蠢动的狗令人嫌恶，一只只全对着我吠叫。一辆黑色的人力车自身旁超越驶去，乘坐于内的艺妓自薄纱似的车篷中回望向我。在此般的八月尾声里，仔细静观，颇有所得。妻子从澡堂回来，听闻两个皮肤粗糙的艺妓聊起关于我的闲言闲语。（二十七八岁的艺妓势必都有着张讨人喜爱的脸蛋吧？下次来帮故乡的哥哥物色一个，当个小老婆总可以吧？我是说真的哦！）她一面说着，一面坐在梳妆台前，往脸上施着薄薄的白粉。（已经一年了，不，说起来已经快半年了。）屋檐低矮的房内，挂钟开始哐哐地响。我拖着不灵光的左脚，死命往前跑。不，这个男人是在逃跑呀！在碾米店努力工作，全身给白米的粉末沾得花白。为了妻子和三个还挂着鼻涕的小男孩，为了衣服和纸牌玩具，我努力工作着。我（就算现在可以为人所知，但所被知道的身份，充其量也不过是个努力工作的人罢了吧？依旧没脸见人，完全没有。），不过如同碾米机的声响般，微不足道。"佐藤春夫 ① 有所谓低级趣味的极端。换言之，被夸大其辞的美，是经过策划的。""文人相轻，文人相重。自古而然——称量安眠药的精致天秤……面

① 日本小说家、诗人。号称弟子三千。太宰治、井伏鳟二、远藤周作等皆为其门下徒。

无表情的护士正粗鲁地玩弄天秤。"

早班电车。

天亮，即便东方既白，我依旧难能起身。是个令人不适的早晨，我吩咐妻子，在杯中装点酒，端来。这种既然起床，就不得不刷牙的强制性思考，让人感到扫兴而悲哀。"快起床呀！"孩子在床畔催促着。对我而言，必须是先按部就班地品完酒，然后才得以起身下床的。我眺望庭院，舒开干涩的双眼。院子的中央，多出了一块三平方米左右的扇形花坛。不久便是凉秋了，也是身体渐渐难熬的时候。"即使只是庭院，也试着弄得热闹些吧！"记得，我曾在妻子面前，喃喃地如此嘟哝着。今晨，于我尚睡觉之时，妻子在院中栽下了将近二十种草花的球根，并以厚纸板做成的白色名牌，一一写上花草的名字，亮眼醒目地罗列于花坛之间。

"德国铃兰""鸢尾""爬藤玫瑰""君子兰""白色孤挺花""西洋锦风""流星兰""百合""大眼风信子""鹿子百合""长生兰""蔷薇""四季牡丹""夫人郁金香""西洋芍药""黑龙牡丹"——我在枕边以稿纸将这些花名逐一写下。眼泪夺眶而出。泪水淌落脸庞，在赤裸的胸膛上漫流。此生，我难得如此丑态毕露。扇形的花坛！然后是风信子！现在看到这些，为时晚矣。所有见到这花坛的人，都一定会发现我那乡巴佬的本性的。一直被我隐藏于心，视为秘密，那十足的乡巴佬本性。扇形、扇形。啊哈！如此赤条条地裸陈于前，如此叫人百口莫辩，对我来说，这简直是幅残酷、恶毒而又充满讽刺的图画。

松子读了这篇文章后，大概就不会再到我家来了吧？因为我让她受伤了。不仅是现在流泪，她，还会在往后、往后的日子里，持续地泪流不止吧？

不行呀！扇形与我何干？而松子又如何？为了让这篇文章成为当然的存在，泪水是必需的。就算是死，我也得巧言令色。这是铁则。

于此，与读者话别之际，我特此说明：有关这十五张稿纸的文章里所列举的十多种自然花草，对于它们的外形、属性，我并未详述。其实，是我根本懒得描述。所以，我甚至连一行，不，是一句，都未曾提及。就让我保有这自我的高傲吧！再见了，一路顺风！

"水，因器成形。不是吗？"

# 富岳百景

画师歌川广重 ① 笔下所诠释的富士山，其峰棱角度为八十五度；谷文晁 ② 画作中的富士山棱，亦呈八十四度。然而，根据陆军分别依东西与南北向山脉断面图所计算制作出的实测表，富士山东西向纵断面的峰顶角幅乃一百二十四度，南北纵断面则为一百七十度。但是，不仅是广重和文晁，大部分的富士山画作，几乎皆是以锐角来呈现山峰，峰顶的棱线细长而高耸，显得纤丽秀雅。以至于葛氏北斋所绘的富士山，其峰棱角度甚至只有三十度上下，如埃菲尔铁塔般利锐峻拔。事实上，真正的富士峰棱，可是极端钝缓。坡度缓柔地向下延展，东西横观为一百二十四度，南北纵面则呈一百七十度，全然称不上是座挺拔的高山。假若我是个来自印度或某个国度的异乡者，哪天猛然遭大鹫鸟劫持，被咚地掷落日本沼津一带的海岸，看见这座山，大概并不会备感惊叹吧？除非是业已耳闻市井传颂，过往便对"日本的富士

---

① 日本浮世绘画家。
② 江户时代后期画家。

山"有所憧憬，否则，一颗一无所悉、质朴、纯然的心，究竟能为其荡漾出多少感动？不过，即使如此，富士山仍旧是座莫测高深的山。即便低矮，却拥有着美好的轮廓比例；即便低矮，但总觉得拥有着此般美好轮廓的这座山，至少应该再比目睹的又高个一点五倍才是。

可是，如果仅是自十国岭这头来观看富士山，富士山是高的，而且相当可观。先前，因为云层掩蔽，我看不着峰顶的所在，于是试着由山麓的坡度去延伸推判，大概某个地方就是山顶了吧？我取云端的一点做上记号。待云层散去，一瞧，这可错了！山顶竟比我所标记之处高出一倍，蓝色的峰顶正清晰矗立着。与其说感到讶异，倒不如讲，这令我格外羞愧，甚而想放声恣笑。心头暗想，真有你的！人们一旦遭遇完全可靠的确然之事，便会显得轻松、释怀而哈哈大笑吧？仿佛全身上下的螺丝都松了开来。这样的形容或许很怪，但总之，就是一种令人开怀大笑的感觉。各位，当您与恋人相逢，若刚一见面，恋人便开怀大笑，那可是可喜可贺的事哪！绝对不要责怪恋人失礼。恋人遇上您，想必是恍若全身沐浴在对您的完全信任之中呢！

　　从东京的公寓窗口看富士，曾经是痛苦的经验。冬季里，那纯白的小三角锥体，清晰如绘，有如吭唧一声自地平线间蹦出来般，那，就是富士。什么东西也不是，只如若特意装点的圣诞节甜点；如若左舷微倾、怯生生地自船尾渐渐没去的军舰。三年前的冬天，我由某人那儿听闻了起令人意外的事件，怅然若失。当晚，我独自一人在公寓里睡意全无地大口喝酒。黎明时分，前去小解的我透过公寓厕所四角窗上的铁丝网，看见了富士。秀小、纯白、略为左倾的，那叫人忘不了的富士。窗外的柏油路上，骑着脚踏车的鱼贩疾驶而过。哇！今早的富士看得特别清楚呢！好冷哟！⋯⋯他喃喃私语着。我默默伫立在幽暗中，抚摸着窗缘的铁丝网，忧伤地哭泣，希望不再有那样的感觉。

　　昭和十三年的初秋，心绪紊然，亟思整束，我甩上背包，出门旅行。

　　甲州。这里的群山特征是棱线起伏柔和，再平淡不过。小岛乌水 ① 在《日本山水论》中曾有此一说："山之怪异者众，斯土一游，不啻陆地神仙。"然，甲州的山，或许便恰

————————

① 日本登山家、文艺评论家。

恰属于那庸俗得不值一提的异数也说不定。我自甲州的市区搭乘巴士，摇摇晃晃一个小时，好不容易抵达御坂岭。

御坂岭，海拔一千三百米。山上有间名为"天下茶屋"的小茶馆，井伏鳟二①老师自夏初时候便一直住在这里的二楼。他闭门谢客，专心写作。悉闻此事的我因而赶了来。为了不打扰井伏的工作，我借宿于隔壁的房内。我亦想暂时在此过过神仙般的生活。

井伏事务缠身，我获得他的答允，暂得于茶屋落脚。于是乎，每日，即便我再不愿意，也不得不与富士山正对相望。该座山岭，位居起于甲府，迄至东海道的镰仓往还道之要冲，素为北望富士的代表观望台。从这儿所见的富士，应该就是昔日所谓的"富士三景"之一吧？但是，我并不喜欢，不只不喜欢，甚而还有些嗤之以鼻。因为，我心目中的富士，另有其态。岭的正对便是富士，山陵之下，河口湖冰白冷澈地躺卧着，远近群山环拥清泊，宛若张开两袖般地静静蹲伏其侧。此刻的我，看来定是狼狈不堪，赤面潮红。这样的画面，

---

① 日本小说家，原名井伏满寿二，曾以《乔恩万次郎漂流记》获直木赏。

全然似澡堂的油画，同歌舞伎剧场的舞台布景。再怎么看，都像极商业味十足的营销性图像，叫人羞赧不已。

　　我来到岭上的这间茶屋后的两三天，井伏的工作终于告一段落。某个晴日午后，我们一道前去登爬三重岭。三重岭海拔一千七百米，比御坂岭稍高。我们沿着陡坡攀缘而上，一个小时左右后总算到达山顶。草蔓扶疏，山径狭细，自己爬山的姿势绝对不太好看。井伏当天一早便穿上了准备好的登山服，姿态看来轻松愉快。但是，我没有现成的登山服，只好穿着宽袖的和服应急上场。茶屋的和服很短，我那多毛的腿早露出了一尺以上。再加之以向茶屋老板借来的胶底脚套，又系上宽面的和服腰带，戴起茶屋壁上的旧麦秆帽，连自己都觉得一身窘态，真是越看越奇怪。井伏绝不是个会因衣着而轻人的人，不过，于此之时，竟连他都露出了些微遗憾的神情。男人呀，不要太在意打扮才好……他细声地对我嘟囔道，令我永生难忘。就这样，我们出发行去。然而，在抵达山顶后，却忽然起了大浓雾。雾气氤氲着，峰顶所临是座派拉蒙舞台式的断崖，站在崖边，一派模糊，什么也看不见。井伏坐在雾中的岩上，悠然地抽起烟草来，甚至还放起了屁，果然是百无聊赖。这座派拉蒙舞台上，并陈着三家茶馆。我们择了其中一家由一对老夫妇经营的朴素小店坐了下来，并要了杯热茶。茶馆的老板娘为这来得不巧的浓雾懊恼着："再过一会儿，也许就放晴了哟！马上就可以看到富士山了！"她确信地说着。随之，竟从茶房里搬出了一幅巨大的富士山像，她站上崖边，两手高举着照片为我们拼命说明。这地方就在这里，你们瞧，很大、很清楚哟！站在这边都看得到喔！我们喝着粗茶，眺望着这样的富士，不觉得都笑了。我们的确看到了很美的富士，即便身陷浓雾，也了无遗憾了。

应该便是隔日的事吧？井伏将返回御坂岭；我则准备前往甲府，前去与某位人家的小姐相亲。井伏被我拉着一同来到甲府市郊，相偕拜访那位小姐的家。井伏穿着那身无懈可击的登山服；我则依旧扎着宽腰带，罩着一袭夏季短外褂。小姐的家，庭中种满了盛绽的蔷薇。母亲来到客厅里招呼我俩，不久，小姐也出来了，我并未正视她的脸。井伏和母亲倒是志趣相投，已天南地北地聊了起来。

"啊呀！富士山！"突然间，井伏惊赞道，视线正扬眉投注于我背后的那根柱子上。我亦随即转过身，抬头望过去。是幅富士山喷火口的鸟瞰图，相框中，犹若乍见一朵雪白的睡莲。我定定地凝望着，然后慢慢地转回身，那一刻，倏然一瞥，我看见了小姐。当下，我立下心志，无论遭临多少困难，一定要同这人结婚。那幅富士，实在是太珍贵了。

井伏于当日返回东京，我则再度归返御坂。于是乎，经历了九月、十月……直至十一月十五日，我依旧住在御坂茶屋的二楼，一点一滴地进行着创作。还得和这不讨喜的"富士三景之一"筋疲力尽地旷日对谈。

有一件挺好笑的事。我的一位朋友，大学讲师，同时也是浪漫派的一员，一次于登山途中顺道前来拜访我。那时，我们一齐来到二楼的走廊，看着富士山。

"好庸俗哪！什么富士女士的。你说不是吗？"

"看着她，自己反而都不好意思起来了呢！"

我们轻狂地嬉笑调谑着，一边吞云吐雾。这时，那以拳头杵着下颚闲聊打趣着的朋友突然问道：

"咦？那儿有个看起来像和尚的人呢！怎么回事啊？"

一名年约五十多岁，身披墨色僧衣的矮小男子，正拖着长杖，朝山顶而来，并不时地仰望着眼前的富士。

"看他的样子，大概是要往西边去，要看看富士的西侧吧！"和尚的身影令我感到有些熟悉。"或许是哪个有名的圣僧也说不定。"

"别傻了！是乞丐吧？"朋友冷淡地说。

"不、不！是个超逸凡尘之人哪！从走路的样子，多多少少都看得出来的不是吗？从前，那个能因法师①啊，听说便曾在这个山岭中写下歌咏富士的诗呢——"

我的话才说了一半，朋友便已笑了出来。

"喂！你看！不是你说的那样吧？"

眼前的这位"能因法师"，正遭到茶屋饲养的狗"小八"的吠赶，显得狼狈不已。那样子实在有些惨不忍睹。

"果然不是那样哪！"我有点失望。

乞丐仓皇地左闪右躲，窘态百出，后来甚而连手杖都掉了，最后终于惊慌失措地落荒而逃。所以，完全不是那么一回事。若说富士庸俗，那法师也庸俗。就是这么着。现在回

---

① 平安时代中期的僧人、歌人。著有歌集《能因集》。

想起来，还真是无聊。

新田是名二十五岁的敦厚青年，在山麓下那个狭长的吉田小镇上的邮局工作。他说，由于分送邮件，因而得知了我来到此处，所以特地前来岭上的茶屋拜访我。我们在二楼的房间聊了一会儿，渐渐熟了后，新田边笑边说："其实呀！我还有两三个朋友，大家原本打算一道来打扰您的呢！可是，当我一说：'来吧！'大家却又畏缩起来了。佐藤春夫老师在小说中曾说，太宰先生是偏激的颓废派，且是名性格破产者。因此，大家不得不认为，说不定您是个非常严肃的人呢。故而，就连我强拉着大家来，他们也不敢。下回，我带他们来，没关系吧？"

"当然没问题啊！"我苦笑着，"这么说，你是抱着必死的决心，代表着你们大伙儿来探路的啰？"

"是敢死队哪！"新田率真地说，"昨天晚上，我是重读了一遍佐藤老师的小说后，有了充分的了悟才来的。"

我透过房间的玻璃窗，凝望着富士。富士山不发一语，静默地矗立眼前。真雄伟哪！我想。

"嗯，真不错哪！富士山的确是座了不起的山。有模有样的！"富士依旧不动如山，赞美对富士而言，毫不足道。倒是自己，心乱如麻、爱憎交扰，实在不得不令人暗自羞愧。富士还是伟大的，我想。的确有模有样，我承认。

"有模有样吗？"新田重复着我的话，并慧黠地笑了笑。

那之后，新田便常带着不同的年轻人前来。都是些斯文人，都称我为老师。我第一次接受这样的称呼。我应该没有什么值得夸耀的，既无学问，也没才能，肉体污秽、心灵贫乏，剩下的徒有苦恼。苦恼这些青年人老师、老师地声声唤，我真的得以担待吗？也许，这仅是同一根稻草挺直了腰杆般的纤弱骄傲。但即便是这样的一丝微薄骄傲，我也希望能确实拥有。对于此般任性、娇纵、孩子气的我，内心的忧恼，知者几希。新田，还有那个名叫田边，短歌写得很好的青年，他们都是井伏的读者。这一点使我颇为安心，我和他们两人最谈得来。一次，我们一同前往吉田。那是个狭长得令人讶异的小镇，的确很有富士山麓的感觉。太阳与风，都为富士山所绝断，小镇如同一脉草茎，幽邃、寒凉之地扶摇直上。清流沿着道路流动着，这大概是富士山麓一带村镇的特殊风光。邻近的三岛亦为相似的景致，一弯水泉自市中心潺潺滑过。当地的人皆说，这是富士山的冰雪融化所成。相较于三岛，吉田的泉水略显干涸、混浊。

看着水，我说：

"在莫泊桑的小说中，有个姑娘，每晚都游水过河，去与贵公子相会……但是，那衣服怎么办？难不成是裸泳？"

"对……"两个年轻人想了一会儿，"穿泳衣吗？"

"把衣服用绳子绑好，顶在头上，就这样子游泳过去？"

年轻人都笑了起来。

"还是说，就穿着衣服，湿淋淋地去和贵公子幽会，然后两人坐在火炉边烤衣服？如果是这样的话，那回去的时候又怎么办？好不容易烤干的衣服又得湿一次了，但不游泳又不行。真让人替她烦恼哪！理当应由贵公子游水过来与姑娘相会才对吧？男人的话，即便穿着一条裤裙游泳，也不至于太难看。难不成贵公子是铁锤，遇水即沉？"

"不，是姑娘太过痴情了吧？我想。"新田正经地说。

"也许你说得没错。外国故事里的姑娘都相当有勇气，实在讨人喜爱！喜欢上了，就游过河去相会。这在日本，根本不可能。某些戏剧里不就这样吗？剧中的男女为河分隔两岸，临川兴叹。那种时候，女主角根本没必要叹气的哪，只要游过河去，不就都解决了吗？看来就那么狭小的一条河，便噼里啪啦地渡过去吧，有什么困难？光是长吁短叹的，一点意义也没有，完全不值得同情！至于《朝颜日记》里的"朝颜大井川"①，虽说朝颜以盲人之姿出现，多少还能博得点同情。但在剧中，即便不知她究竟会不会游泳，光是那样在大井川中紧抱着浮木不放，徒埋怨天理不昭的，同样是毫无意义哪！啊！我想到了一个人！日本也有个勇敢的家伙哪！这家伙，还真是不简单。你们可知道吗？"

"有这样的人吗？"年轻人的眼中皆闪动着光辉。

"清姬！她为了追安珍，跳进日高川，拼命地往前游。这家伙相当了不起。按照书中的记载，清姬当时才十四岁②。"

---

① 日本著名人偶剧桥段。关于女子深雪与异乡学子阿曾次郎相恋的故事，描写一段屡屡擦肩而过的凄美恋情。故事中的男女主人公几经波折，女子甚而悲泣失明，并化名"朝颜"唱情人所赠之诗《朝颜之歌》。终至朝颜投大井川追觅错身的情郎而未果。

② "安珍·清姬传说"，典出《大日本国法华验记》。描述失约逃逸的修行僧安珍与含恨抱愤化身大蛇渡日高川追赶爱人的女子清姬的悲剧。故事尾声，安珍逃入道成寺，藏匿大钟之内。化为大蛇的清姬，缠住大钟吐出火焰将安珍烧死，自己则投水自尽。

　　我们继续一边散步，一边闲聊着。随后来到了市郊田边一间曾造访过的阒静老旅店。

　　一行人举杯畅饮。当晚的富士真美。晚间十点左右，年轻人各自回家，独余我一人留宿于此。夜里，我睡不着，于是便揽着宽袖和服，走往户外透气。难得的月夜，富士山看起来格外美丽。净洁的月光，洒了一山的青莹，我感觉自己恍若幻化作狐仙一般。富士啊！这苍翠欲滴的青，犹如燃烧的磷粉，似鬼火，似狐光，似萤火虫，似芒草及葛叶。我感到自己的双脚消失，身体正沿着夜路无尽飘飞。木屐的踩踏声似乎并非来自于己，而像是出于其他生物般，喀啷喀啰、喀啷喀啰，清朗地叫着。我轻悄地回眸，富士还在。那盛燃似的青光浮曳于天。我不禁喟叹。维新志士、鞍马天狗，我将自己拟想如斯，装腔作势地把手兜在怀里向前迈步。我也是个好男儿呢！我阔步前行。啊？钱包掉了！里头有二十多枚五十钱银币呢！太重了吧？所以从怀里掉出来了。真不可思议，我竟能如此心平气和。没有钱的话，也好，就走路回御坂岭吧！我继续走着，片刻，才顿有所悟，于是顺着方才的来路，沿途寻索。循着原径再走一次的话，钱包应该还在那儿的。我手插于怀，摇摇晃晃地踏索着。富士、月夜、维新志士、失落的钱包，真是叫人兴奋的浪漫。钱包正躺在路中灼灼地发着光，还在，而且一毛不少。我拾起钱包，归往住宿处歇睡。

我被富士山蛊惑了吗？当天夜里，我像个傻子般，全无意识。那夜的事，现在回想起来，只觉得分外疲怠。

在吉田度过了一夜后，隔日，我一回到御坂，便听见茶屋老板娘别有用意地笑着说，十五岁的姑娘，找上门了哟！我开始迂回曲折地描述起昨日一整天的行程，想拐弯抹角地让她们知道，自己并非为了那种事而来。如何？没有听说过吧？我零零碎碎地陈说着住宿旅店的名称、吉田镇酒的味道、月夜下的富士、掉钱包的事，等等，一股脑地讲了一堆。姑娘的情绪也渐为缓和了。

"先生！快起来看哪！"某天，茶屋的门外扬起了高亢的响音，姑娘正大声地叫唤着我。我勉勉强强地起床，走往廊下。

姑娘兴奋得脸颊灼红，她的指端默默地指着天际。一看，是雪。我这才惊觉，富士山降雪了呢！纯白的峰顶，正与阳光交映闪烁着。御坂的富士也是不容小觑的哪！

"嗯，不错！"

闻及我的赞赏，姑娘得意了起来。

"很美吧？"她说着，"御坂的富士，难道就不能这样吗？"随后，她蹲下了身子。我曾经告诉过她，这里的富士，庸俗而不堪入目。姑娘想必是对此始终耿耿于怀吧？

"果然，富士山不下雪的话是不行的！"我装得一本正经地告诉她。

我穿着宽袖和服，在山林间徘徊，两手捧起满满的夜来香种子，种在茶屋的屋后。

"就这样啰！这是我的夜来香，因此明年我还会再来看她们的。所以呀！可不许将洗完东西的污水倒在上头喔！"姑娘点了点头。

特意选择了夜来香，是由于确信，夜来香与富士最为相称。御坂岭的这间茶屋，应是山岭里唯一的一栋房子，邮件并不直接送达。自岭上搭乘巴士，亦须摇晃个三十来分钟，才能到达山麓河口湖畔的河口村。不折不扣的穷乡僻壤。我的邮件收件地址便设在这个河口村的邮局。大约每隔个三天，我就非得跑一趟邮局取件不可。我会着意选个晴朗的好日子前行。这里的巴士女车长并不特别为游客作风景导览，不过，却时常会忽然想起似的，以相当零散的语言……那是三重岭，对面是河口湖，是公鱼的产地，等等，如同在自言自语般地为大家随意解说道。

自河口邮局取完件后，我还得再搭巴士一路摇回茶屋。回程中，与我比邻而坐的，是名身着深茶色服饰，肤色苍白，容止端庄，长得很像我母亲的六十多岁老妇人。此时，女车长又忽然想起似的说起话来了。各位，今天可以很清楚地看见富士山哟！接着，竟自顾自地陶醉吟咏了起来："年轻的上班族背着帆布包；一身丝绸的艺妓模样女人，顶着蓬松日式发髻，以手帕掩着唇。哟哟哟，全部人都转过身，同时自车内探出头，似乎至今方发现，望向那平凡的三角山儿哟。"随之，又"呀、呀！""哟、哟！"地吐着若有似无的赞叹。车内一阵骚动。然而，我身旁的这位老妇人，却宛若曾经沧桑般，遗世独立着，与其他的游客不同，她没看富士一眼，反倒凝视着与富士相对的那片断崖。见到她的样子，我一阵快意。我也是如此哪！这富士山呀！真是俗气，见不得人的！我想让这位老妇人，明白我高贵坦荡的心。您的苦闷，您的淡泊，我全然心领神会。请您放心吧！为了表达此番倾慕之情，我撒娇似的，将身体稍稍朝她贴近。老妇人的姿态不变，漫不经心地眺向悬崖。

不知怎的，片晌，老妇人似乎真感受到了我所欲传达的安心感，竟突然模糊地喃喃自语道：

"啊呀！夜来香！"

说着，她用瘦弱的指尖，指向路旁的一处地方。巴士疾驶而过。直至现在，我的眼里依然残留着，此惊鸿一瞥的瞬间，那朵金黄色的夜来香。花瓣，鲜明艳丽。

三千七百七十六米高的富士山，优雅地屹立不摇。该何以言喻呢？真想称呼她金刚大力草之类的名字。不过，终是以纤弱却坚强挺拔的夜来香来比拟之最为合适。夜来香与富士很是相称。

十月已过大半，我的工作却迟迟没有进展。"人之所以眷恋者，日落之血红，鸿雁白腹般卷云……"我于二楼的走廊处，独自咬着烟杆吞吐着，意欲使眼前的富士若隐若现。我凝视那一整山滴血般的赤褐红叶，并对着在茶屋门口扫集落叶的老板娘大声呼喊：

"老板娘！明天，天气会很好哟！"

声音尖锐得如同欢叫，连我自己都吓了一跳。老板娘停下扫地的手，仰起脸，不解地皱着眉头。

"明天有什么事吗？"

被如此一问，我无言以对。

"什么事也没有。"

老板娘笑了出来。

"很冷清吧？怎么不去爬爬山呢？"

"爬上了山，又得立刻下山，多无聊啊！不管爬哪座山，都会看到相同的富士，一想到这个，就令人轻松不起来。"

我的话有点怪吧？老板娘模棱两可地笑了笑，继续扫起枯叶。

睡前，我缓缓地拉开帘子，隔着窗看着富士。月夜里，富士显得好是青白，如同水精灵般地静默伫立着。我不觉叹了口气。啊呀，看得见富士呢！星星好大。明天会是个好天气哟！我携着这丝微微跃动的喜悦，缓缓拉上窗帘，准备就寝。但是，虽说明天会是这样的好天气，自己却是毫无事做。想到这里，独自呆坐在蒲团上的我，不由得苦笑了起来。我感到忧闷。工作——比起纯粹运笔创作这工作还痛苦的，不，能够运笔创作应该算是我的乐趣，我并非指那样的事，而是，关于我的世界观、关于艺术、关于明日的文学的。像是我所进行的一些新东西，还磨磨蹭蹭地踌躇不前，那种思虑上的纷扰，毫不夸张地折腾着我。

这些素朴自然、简单鲜明之物，仅须刷地一下，便可透过画笔，轻而易举地将其捕捉掌握，然后分毫不差地映现于纸上。可是，除此以外，它却什么都不是。当我如是想着时，乍觉映于眼底的富士，亦别有一番韵致了。我所看到的，她所展现的姿态，说不定，到头来，亦仅只是我个人所认知的"单一表现"的美吧？我想试着与富士稍作妥协，然而，这富士依旧只是木木然地存在于此，老老实实地一语不发。如果就只是如此，那不过就同尊弥勒佛像罢了。一尊弥勒佛像，有什么好骄傲的？这样的东西不能算是很好的表现。这富士的姿态，到底还是该有些不同的，那种不同，使我再度迷惑。

不分白昼、黑夜，我一边端看着富士，一边送走阴郁的时日。十月底的某天，山麓吉田镇上的一个游女团，分乘五辆汽车来到御坂岭。大概适逢一年一度的休假日吧？我自二楼凝视着她们。形形色色的游女们自车辆里下来，有如一大团被从箩筐中倾倒而出的传信鸽似的，起先彷徨，一票人手足无措地相互推挤、触撞着。不久，这样的异常紧张感被释放了，女子们开始悠适地逛荡了起来。有的正挑选着茶屋门口所陈列着的彩绘明信片；有的驻足远观着富士那郁暗、孤寂的模糊景色。而二楼的这个男人，胸中只是无尽的爱怜。对于这些游女的幸福，我无法奉献什么。我，徒能此般，痴痴地凝睇。痛苦的事依旧痛苦，失落的事还是失落。于我，一切仅似过眼云烟。只是，这世界上，总有这样的一些人，硬是佯作清高地蔑视她们，这才使我备为心疼。

将她们托付给富士照看吧！我突然异想天开。嗯嗯，就拜托啰！我怀着这样的情致朝山眺望，寒空里，只见富士无语地伫立于前。当时的富士，宛如正穿着和服，双手抱胸般，俨然一副老大哥的桀骜模样。将女子们寄托给这样的富士，我非常放心。随之，我对游女团释下了心，轻松愉悦地与茶屋里那名六岁的男童，带着长毛狮子狗"小八"，一同前往山岭附近的隧道游玩。隧道的入口处，有名三十岁左右的消瘦游女，不知何故，正独自于此静静地采集着毫不起眼的草花。就连我们自其身旁经过，她也头都不回地专注摘花。这个女孩也拜托啰！我再次仰起头，朝富士许愿。我拉着男童的手，一径地往隧道里走。岩壁上冰冷的地下水滴落脸颊，滴在颈项。我佯装不知，大步大步地朝前迈步。

那时，我的婚事遭遇了挫折。我很清楚地晓得，来自故乡的资助已完全中断。我忧恼不已。不禁想，至少也给我个一百元支应支应吧！这样，多少还可以举行个简单隆重的婚礼。至于其后养家糊口的费用，再由自己靠工作来赚取。然而，经过了两三回的鱼雁往返，我明白，家里显然是完全帮不上忙，我束手无策了。当下便有了这样的觉悟，就算婚事遭回绝，我也无从置喙。总之，先将这事和对方说个明白吧。我独自下了山，前往女方家中拜访。难得小姐也在家。我被请到客厅，对着小姐及母亲，将所有的原委告知。我同演说着一般，说说，停停。但是，竟也意外地流露出我言谈间的恳挚。小姐倾着头，十分沉静地问我：

"那，家里反对吗？"

"不，并不是反对，"我以右手手掌轻轻地压着桌子，"他们只是觉得，我自己的事，应该由自己想办法。"

"没关系呀！"母亲说道，一面优雅地笑，"我们，就像您所看到的，并不是什么有钱人。太拘谨的仪式反而让咱们不知所措呢。只要你对爱情与工作怀持热忱，对我们而言，那就够了！"

霎时，我连基本的礼节皆已忘却，我将视线转往庭院，眼眶灼热莫名。对于这样的母亲，我何能失表孝心。

辞行后，小姐送我往巴士起点站。边走，我边扭捏作态地说着：

"你怎么想的？需要更多的时间交往吗？"

"不，这就够了。"小姐笑着说。

"有没有什么问题需要发问呢？"渐渐地，我说话不再那么正经。

"有！"

不管小姐问我什么，我都打算老老实实地回答。

"富士山是不是已经下雪了呢？"

这个问题，真是让人扫兴。

"已经下雪——"话还没说完，当我不经意地抬眼一望时，竟就看到了富士。我不禁脸色一变。

"什么嘛！从甲府不是也可以看得到富士吗？干吗还问我啊？把人当傻瓜吗？"我的口气有点像流氓，"小姐，你问了一个愚蠢的问题喔。把我当傻瓜了。"

小姐低头窃笑。

"因为，您从御坂岭来，不问一问您对富士的观感，有点对不住呀！"

唉，真是个奇怪的女孩。

自甲府回来后，我竟开始感到呼吸困难，肩膀也严重地僵硬起来。

"真好。老板娘，还是御坂这里好。好像回到自己的家一样。"

晚餐后，老板娘与女孩轮流地替我捶肩。老板娘的拳头硬而棱利，女孩的拳则柔软无劲，全然没有效果。用力点、用力点，我说。女孩于是拿起烧饭用的薪柴，往我的肩上敲着。不这样的话，还真没办法缓和我肩颈的僵直。那皆是由于我在甲府太过紧张，太过专心努力。

　　刚回来的这两三天，我没事便定定地发愣，完全提不起劲工作。我坐在案前，不得要领地胡乱涂鸦着，"金色蝙蝠"纸烟一下子便抽掉了六七包。我时而躺、时而卧，嘴里哼吟着《金刚石不经琢磨的话》①，反复又反复地唱着。小说的进度却连一张稿纸也没能完成。

　　"先生，您这次回到甲府去，似乎不太顺心哟？"

　　晨间，我杵着脸颊倚在桌旁，阖眼整理着纷乱的思绪。女孩正在我的背后擦着地板。我明白女孩是发自于衷地关心着我，但于我听来，这话却变得分外刺耳。我头也没回。

　　"是呀！不太顺利哪！"

　　女孩没停下手中的工作。

　　"哎，这样不好呢！这两三天都没好好用功对吧？我每天早上最快乐的事，就是整理先生您的那堆散乱的稿纸，我按照编号地排列着，见您写得越多，我就越高兴。您知道吗？昨晚，我偷偷来到了二楼看您呢！先生，正蒙着头大

———————————

①　日本童谣："金刚石不经琢磨的话，不见其珠光宝气；人不经学习的话，不显其文才德行……"意即"玉不琢，不成器；人不学，不知道"。

睡，对不对？"

我感动不已。说得夸张点，这是对人类求生存的努力，最纯粹的鼓舞，不求一丝回报。这女孩真善良。

一到十月底，山里的红叶转作枯黑，色调显得污浊。历经一夜风雨，眼见整山的生气化作漆黑的朽木，游客寥寥可数，茶屋的生意也萧条了许多。偶尔，老板娘会带着六岁的男童，前往山脚下的船津、吉田买东西，徒留女孩一人。没有来客的时候，一天里，便只有我和女孩两人单独于阒寂无声的山中度日。我杵在二楼无聊，来到外头晃晃。茶屋的后门处，女孩正洗着衣服，我走近她的身旁。

"无聊呀！"

我大声地说，然后噗嗤地笑。女孩低着头。我瞧了瞧她的脸，吃了一惊，怎么一脸快哭出来的模样？好吓人的表情。怎么搞的？我感到苦闷，于是身子一转，心情落寞地朝右方那片铺满落叶的狭长山路走去，我来来回回地，冬冬地跺着脚步。

我这才留意到，当仅有女孩一人在的时候，必须尽量克制，不要走出二楼房间。但当茶屋有客人时，我总觉得自己有守护女孩的义务似的，我会悄悄地走下二楼，找个角落坐下，缓缓地喝茶。曾经，有位新娘模样的客人，陪着两名穿着印有家纹的礼服的老先生，一同搭乘汽车来到岭上，并于茶屋稍事休息。当时亦只有女孩一个人在。我一如往昔地自二楼下来，坐在角落的椅上抽烟。新娘子穿着袭下摆缀有印花的长和服，背上顶着金线织成的锦缎带花，头上插着发簪，一身非常正式的礼服，完全不同于一般客人。女孩也不知该如何接待是好，只是端茶给新娘和两名老人，然后安静地躲在我的身后，默默地看着新娘子。一生一次的盛大日子——是要从山岭对面背山侧的船津嫁到吉田镇去吧？所以中途在岭上稍作歇息，远眺一下富士。令人羞涩的罗曼蒂克。这时，新娘子悄悄地走出茶屋，站在屋前的崖边空地上远望着富士。她的腿弯曲成 X 形，好大胆的姿势，真是个悠闲的人。我在旁欣赏着这样的新娘、这样的富士与新娘。忽地，新娘对着富士打了一个大呵欠。

"啊呀！"

我的背后传来了微小的惊叫声，女孩大概也眼尖地发现那个大呵欠了。不久，新娘一行人便坐上候于一旁的汽车，往岭下驶去。接着，就是新娘风光的时刻啰！

"这对那个女的来说应该早就习以为常了吧？八成是第二次，不，是第三次嫁人了吧？新郎想必已在山下等着了，竟还有闲情雅致下车眺望富士呢！如果是第一次出嫁的话，根本不可能会做出如此厚脸皮的事，不是吗？"

"而且还打呵欠！"女孩极力附和着，"嘴巴张那么大打呵欠，真不害臊哪！先生，如果您娶到这种太太，那可不好喔！"

我还真是白活了，竟然为之脸红。我的婚事有了眉目，一位学长愿意全盘为我打点事宜。婚礼上，亦有两三位近亲接受了邀请，愿意到场参与。所以说，虽然尚显寒酸，但一定是隆重有余。婚礼将在学长的家中举行，对于他们的这番人情，我着实如大孩子般地兴奋感激。

时序迈入了十一月，御坂岭的寒气已凛冽到令人受不了，茶屋本身备有暖炉。"先生，二楼很冷吧？工作的时候可以到暖炉边来哟。"老板娘这么说。不过，要是被人盯着，我是无法工作的。因此，我回绝了。老板娘对此倒很是挂心，故而特地到山脚下的吉田去为我买了个暖桌回来。这样一来，我待在二楼的房间时，便可钻进里头取暖。茶屋的人真的是非常亲切，我实在很想由衷地向他们聊表一份心意。可是，眼见已被雪覆盖三分之二的富士，以及远近的群山，皆已萧瑟作遍土枯林，若继续待在这岭上忍受着刺骨寒风，也是毫无意义。所以，我决定下山。要下山的前一天，我套着两件棉制和服，坐在茶屋的椅上啜饮着热茶。那时，有两名穿着冬季外套、看来伶俐的年轻女孩，应该是打字员之类的身份吧？她们自隧道的方向走来，不知是有什么好笑的事，边走边格格地笑着。突然，她们发现了眼前纯白的富士，于是，便仿佛被钉于此般，再也不动了。女孩们窸窸窣窣地商量了老半天，其后，当中一名皮肤较白、戴着眼镜的女孩，笑盈盈地朝我走来。

"很抱歉，可以帮我们照一张相吗？"

我有些慌张。对于机械，我还真是不熟悉，而且也不喜欢拍照。加上穿了两件棉和服，连茶屋的人都认为我同山贼一般。我这肮脏、简陋、乱糟糟的一身，竟碰上了来自东京的时髦小姐，还请求我做如此高雅的事，心中实是相当狼狈。但是，再想了想，这样的打扮，看在别人眼里，或许就某些角度来说，倒挺俏皮别致的吧？至少，我还是个可以被请求按个快门的那种男人。我有些兴奋地前去帮忙，表面上则装得一派平静。我接过女孩递来的相机，淡淡地询问了操作方式，然后，战战兢兢、战战兢兢地盯着镜头，把大富士山摆中间，底下则是两个像罂粟花般的小小人儿。两人穿着相同的红色外套，相互依偎拥抱着，那一定是最认真的表情。我撑出一副轻松自然的模样，拿着相机的手却仍不住地微微颤抖。我忍住笑，透过镜头，看见了那两株鲜丽的罂粟。我慢慢地调整着焦距。但无论如何，要对准焦距实在不是件简单的事。因此，最后，我将眼前的两人抛诸镜头之外，只留下大大的富士山塞满整个镜头。富士山，再见啦！承蒙您的照顾！咔嚓！

"嘿，照好了。"

"谢谢！"

两人齐声道谢。等她们回到家，将相片洗出来，一定会非常惊讶吧？因为，相片里，除了大大的富士山，什么人影都没有。

隔天，我下山了。我先于甲府的一家平价旅社内投宿了一晚。翌日清晨，我在旅社的屋檐下，倚着污损的栏杆，看着富士。甲府这儿所望见的富士，匿于群山之后，仅露出了三分之一的脸庞，如灯笼草般。

（昭和十四年二月十三日）